CHEFS-D'OEUVRE

DE

P. ET TH. CORNEILLE.

— MPRIMERIE DE FÉLIX LOCQUIN,

CHEFS-D'ŒUVRE

DE

P. ET TH. CORNEILLE.

TOME PREMIER.

PARIS

FELIX LOCQUIN, IMPRIMEUR,

16, RUE NOTRE-DAME DES VICTOIRES, PRÈS LA BOURSE.

1842

VIE DE P. CORNEILLE,

PAR FONTENELLE.

PIERRE CORNEILLE naquit à Rouen, en 1606, de Pierre Corneille, maître des eaux et forêts en la vicomté de Rouen, et de Marthe Le Pesant. Il fit ses études aux jésuites de Rouen, et il en a toujours conservé une extrême reconnaissance pour toute la société. Il se mit d'abord au barreau, sans goût et sans succès. Mais une petite occasion fit éclater en lui un génie tout différent; et ce fut l'amour qui la fit naître. Un jeune homme de ses amis, amoureux d'une demoiselle de la même ville, le mena chez elle. Le nouveau venu se rendit plus agréable que l'introducteur. Le plaisir de cette aventure excita dans Corneille un talent qu'il ne connaissait pas; et sur ce léger sujet il fit la comédie de *Mélite*, qui parut en 1625. On y découvrit un caractère original; on conçut que la comédie allait se perfectionner; et sur la confiance qu'on eut du nouvel auteur qui paraissait, il se forma une nouvelle troupe de comédiens.

Je ne doute pas que ceci ne surprenne la plupart des gens qui trouvent les six ou sept premières pièces de Corneille si indignes de lui, qu'ils les voudraient retrancher de son recueil, et les faire oublier à jamais. Il est certain que ces pièces ne sont pas belles; mais, outre qu'elles servent à l'histoire du théâtre, elles servent beaucoup aussi à la gloire de Corneillle.

Il y a une grande différence entre la beauté de l'ouvrage et le mérite de l'auteur. Tel ouvrage qui est fort médiocre n'a pu partir que d'un génie sublime; et tel autre ouvrage qui est assez beau a pu partir d'un génie assez médiocre. Chaque siècle a un certain degré de lumières qui lui est propre : les esprits médiocres demeurent au-dessous de ce degré : les bons esprits y atteignent; les excellents le passent, si on peut le passer. Un homme né avec des talents est naturellement porté par son siècle au point de perfection où ce siècle est arrivé ; l'éducation qu'il a reçue, les exemples qu'il a devant les yeux, tout le conduit jusque-là : mais, s'il va plus loin, il n'a plus rien d'étranger qui le soutienne ; il ne s'appuie que sur ses propres forces, il devient supérieur aux secours dont il s'est servi. Ainsi deux auteurs, dont l'un surpasse extrêmement l'autre par la beauté de ses ouvrages, sont néanmoins égaux en mérite, s'ils se sont également élevés chacun au-dessus de son siècle. Il est vrai que l'un a été bien plus haut que l'autre ; mais ce n'est pas qu'il ait eu plus de force, c'est seulement qu'il a pris son vol d'un lieu plus élevé. Par la même raison, de deux auteurs dont les ouvrages sont d'une égale beauté, l'un peut-être un homme fort médiocre, et l'autre un génie sublime.

Pour juger de la beauté d'un ouvrage, il suffit donc de le considérer en lui-même ; mais, pour juger du mérite de l'auteur, il faut le comparer à son siècle. Les premières pièces de Corneille, comme nous avons déjà dit, ne sont pas belles ; mais tout autre qu'un génie extraordinaire ne les eût pas faites. *Mélite* est divine si vous la lisez après les pièces de Hardy, qui l'ont immédiatement précédée. Le théâtre y est sans comparaison mieux entendu, le dialogue mieux tourné, les mouvements mieux conduits, les scènes plus agréables ; surtout, et c'est ce que Hardy n'avait jamais attrapé, il y règne un air assez noble, et la conversation des honnêtes gens n'y est pas mal représentée. Jusque-là on n'avait guère connu que le comique le plus bas, ou le tragique assez plat ; on fut étonné d'entendre une nouvelle langue.

· Le jugement que l'on porta de *Mélite* fut que cette pièce était trop simple, et avait trop peu d'évènements. Corneille, piqué de cette critique, fit *Clitandre*, et y sema les incidents et les aventures avec une très vicieuse profusion, plus pour censurer le goût du public que pour s'y accommoder. Il paraît qu'après cela il lui fut permis de revenir à son naturel. *La Galerie du palais, la Veuve, la Suivante, la Place-Royale,* sont plus raisonnables.

Nous voici dans le temps où le théâtre devint florissant par la faveur du cardinal de Richelieu. Les princes et les ministres n'ont qu'à commander qu'il se forme des poètes, des peintres, tout ce qu'ils voudront, et il s'en forme. Il y a une infinité de génies de différentes espèces qui n'attendent pour se déclarer que leurs ordres, ou plutôt leurs graces. La nature est toujours prête à servir leurs goûts.

On recommença alors à étudier le théâtre des anciens, et à soupçonner qu'il pouvait y avoir des règles. Celle des vingt-quatre heures fut une des premières dont on s'avisa, mais on n'en faisait pas encore grand cas ; témoin la manière dont Corneille lui-même en parle dans la préface de *Clitandre*, imprimée en 1632. « Que si j'ai ren- « fermé cette pièce, dit-il, dans la règle d'un « jour, ce n'est pas que je me repente de n'y avoir « point mis *Mélite*, ou que je me sois résolu à « m'y attacher dorénavant. Aujourd'hui quelques « uns adorent cette règle, beaucoup la méprisent ;

« pour moi, j'ai voulu seulement montrer que si
« je m'en éloigne, ce n'est pas faute de la con-
« naître. »

Ne nous imaginons pas que le vrai soit victorieux dès qu'il se montre ; il l'est à la fin, mais il
lui faut du temps pour soumettre les esprits. Les
règles du poème dramatique, inconnues d'abord
ou méprisées, quelque temps après combattues,
ensuite reçues à demi, et sous des conditions, demeurent enfin maîtresses du théâtre. Mais l'épo-
que de l'établissement de leur empire n'est pro-
prement qu'au temps de *Cinna.*

Une des plus grandes obligations que l'on ait
à Corneille est d'avoir purifié le théâtre. Il fut
d'abord entraîné par l'usage établi, mais il y ré-
sista aussitôt après ; et depuis *Clitandre*, sa seconde pièce, on ne trouve plus rien de licencieux
dans ses ouvrages.

Corneille, après avoir fait un essai de ses forces
dans ses six premières pièces, où il s'éleva déjà
au-dessus de son siècle, prit tout à coup l'essor
dans *Médée*, et monta jusqu'au tragique le plus
sublime. A la vérité il fut secouru par Sénèque ;
mais il ne laissa pas de faire voir ce qu'il pouvait
par lui-même.

Ensuite il retomba dans la comédie ; et, si j'ose
dire ce que j'en pense, la chute fut grande. L'*Illusion comique*, dont je parle ici, est une pièce irré-
gulière et bizarre, et qui n'excuse point par ses
agréments, sa bizarrerie et son irrégularité. Il y
domine un personnage de Capitan, qui abat d'un
souffle le grand sophi de Perse et le grand Mogol,
et qui une fois en sa vie avait empêché le soleil
de se lever à son heure prescrite, parce qu'on ne
trouvait point l'Aurore, qui était couchée avec ce
merveilleux brave. Ces caractères ont été autrefois fort à la mode : mais qui représentaient-ils ?

A qui en voulait-on ? Est-ce qu'il faut outrer nos folies jusqu'à ce point-là pour les rendre plaisantes ? En vérité ce serait nous faire trop d'honneur.

Après l'*Illusion comique*, Corneille se releva plus grand et plus fort que jamais, et fit *le Cid*. Jamais pièce de théâtre n'eut un si grand succès. Je me souviens d'avoir vu en ma vie un homme de guerre et un mathématicien qui, de toutes les comédies du monde, ne connaissaient que *le Cid*. L'horrible barbarie où ils vivaient n'avait pu empêcher le nom du *Cid* d'aller jusqu'à eux. Corneille avait dans son cabinet cette pièce traduite en toutes les langues de l'Europe, hors l'esclavone et la turque : elle était en allemand, en anglais, en flamand ; et, par une exactitude flamande, on l'avait rendue vers pour vers. Elle était en italien, et, ce qui est de plus étonnant, en espagnol : les Espagnols avaient bien voulu copier eux-mêmes une pièce dont l'original leur appartenait. M. Pellisson, dans son *Histoire de l'Académie*, dit qu'en plusieurs provinces de France il était passé en proverbe de dire « *Cela est beau comme le Cid.* » Si ce proverbe a péri, il faut s'en prendre aux auteurs qui ne le goûtaient pas, et à la cour, où c'eût été très mal parler que de s'en servir sous le ministère du cardinal de Richelieu.

Ce grand homme avait la plus vaste ambition qui ait jamais été. La gloire de gouverner la France presque absolument, d'abaisser la redoutable maison d'Autriche, de remuer toute l'Europe à son gré, ne lui suffisait point : il y voulait joindre encore celle de faire des comédies. Quand *le Cid* parut, il en fut aussi alarmé que s'il avait vu les Espagnols devant Paris. Il souleva les auteurs contre cet ouvrage, ce qui ne dut pas être fort difficile, et il se mit à leur tête. Scudéri publia ses

Observations sur le Cid, adressées à l'Académie française, qu'il en faisait juge, et que le cardinal, son fondateur, sollicitait puissamment contre la pièce accusée. Mais, afin que l'Académie pût juger, ses statuts voulaient que l'autre partie, c'est à dire Corneille, y consentît. On tira donc de lui une espèce de consentement qu'il ne donna qu'à la crainte de déplaire au cardinal, et qu'il donna portant avec assez de fierté. Le moyen de ne pas ménager un pareil ministre, et qui était son bienfaiteur? car il récompensait comme ministre ce même mérite dont il était jaloux comme poète; et il semble que cette grande ame ne pouvait pas avoir des faiblesses qu'elle ne réparât en même temps par quelque chose de noble.

L'Académie française donna ses sentiments sur *le Cid*, et cet ouvrage fut digne de la grande réputation de cette compagnie naissante. Elle sut conserver tous les égards qu'elle devait et à la passion du cardinal et à l'estime prodigieuse que le public avait conçue du *Cid*. Elle satisfit le cardinal en reprenant tous les défauts de cette pièce, et le public en les reprenant avec modération, et même souvent avec des louanges.

Quand Corneille eut une fois pour ainsi dire atteint jusqu'au *Cid*, il s'éleva encore dans *les Horaces*; enfin il alla jusqu'à *Cinna* et à *Polyeucte*, au-dessus desquels il n'y a rien.

Ces pièces-là étaient d'une espèce inconnue, et l'on vit un nouveau théâtre. Alors Corneille, par l'étude d'Aristote et d'Horace, par son expérience, par ses réflexions, et plus encore par son génie, trouva les sources du beau, qu'il a depuis ouvertes à tout le monde dans les discours qui sont à la tête de ses comédies. De là vient qu'il est regardé comme le père du théâtre français. Il lui a donné le premier une forme raisonnable; il l'a porté à son plus haut point de perfection, et a laissé son secret à qui s'en pourra servir.

Avant que l'on jouât *Polyeucte*, Corneille le lut à l'hôtel de Rambouillet, souverain tribunal des affaires d'esprit en ce temps-là. La pièce y fut applaudie autant que le demandaient la bienséance et la grande réputation que l'auteur avait déjà. Mais quelques jours après, Voiture vint trouver Corneille, et prit des tours forts délicats pour lui dire que *Polyeucte* n'avait pas réussi comme il pensait, que surtout le christianisme avait extrêmement déplu. Corneille, alarmé, voulut retirer la pièce d'entre les mains des comédiens qui l'apprenaient; mais enfin il la leur laissa sur la parole d'un d'entre eux qui n'y jouait point, parce qu'il était trop mauvais acteur. Etait-ce donc à ce comédien [1] à juger mieux que tout l'hôtel de Rambouillet ?

Pompée suivit *Polyeucte*. Ensuite vint le *Menteur*, pièce comique, et presque entièrement prise de l'espagnol, selon la coutume de ce temps-là.

Quoique le *Menteur* soit très agréable, et qu'on l'applaudisse encore aujourd'hui sur le théâtre, j'avoue que la comédie n'était point encore arrivée à sa perfection. Ce qui dominait dans les pièces, c'était l'intrigue et les incidents, erreurs de noms, déguisements, lettres interceptées, aventures nocturnes; et c'est pourquoi on prenait presque tous les sujets chez les Espagnols, qui triomphent sur ces matières. Ces pièces ne laissaient pas d'être fort plaisantes, et pleines d'esprit : témoin le *Menteur*, dont nous parlons, *Don Bertrand de Cigaral*, le *Geolier de soi-même*. Mais enfin la

---

[1] Il s'appelait Hauteroche. Il est auteur de quelques comédies. T. Corneille mit sous son nom le *Deuil* et l'*Esprit follet*.

plus grande beauté de la comédie était inconnue ;
on ne songeait point aux mœurs et aux caractères ; on allait chercher bien loin le ridicule dans
des évènements imaginés avec beaucoup de peine,
et on ne s'avisait point de l'aller prendre dans le
cœur humain, où est sa principale habitation.
Molière est le premier qui l'ait été chercher là, et
celui qui l'a le mieux mis en œuvre : homme
inimitable, et à qui la comédie doit autant que la
tragédie à Corneille.

Comme le *Menteur* eut beaucoup de succès,
Corneille lui donna une *suite*, mais qui ne réussit
guère. Il en découvre lui-même la raison dans
les examens qu'il a faits de ses pièces. Là il
s'établit juge de ses propres ouvrages, et en
parle avec un noble désintéressement, dont il
tire en même temps le double fruit, et de prévenir l'envie sur le mal qu'elle en pourrait dire,
et de se rendre lui-même croyable sur le bien
qu'il en dit.

A *la suite du Menteur* succéda *Rodogune*. Il a
écrit quelque part que, pour trouver la plus
belle de ses pièces, il fallait choisir entre *Rodogune* et *Cinna* ; et ceux a qui il en a parlé ont
démêlé sans beaucoup de peine qu'il était pour
Rodogune. Il ne m'appartient nullement de pro-
noncer sur cela ; mais peut-être préférait-il
Rodogune, parce qu'elle lui avait extrêmement
coûté : il fut plus d'un an à disposer le sujet.
Peut-être voulait-il, en mettant son affection de
ce côté-là, balancer celle du public, qui paraît
être de l'autre. Pour moi, si j'ose le dire, je ne
mettrais point le différent entre *Rodogune* et
Cinna : il me paraît aisé de choisir entre elles ;
et je connais quelque pièce [1] de Corneille que

______

[1] *Polyeucte.*

je ferais passer encore avant la plus belle des deux.

On apprendra dans les examens de P. Corneille, mieux que l'on ne ferait ici, l'histoire de *Théodore*, d'*Héraclius*, de *Don Sanche d'Aragon*, d'*Andromède*, de *Nicomède*, et de *Pertharite*. On y verra pourquoi *Théodore* et *Don Sanche* réussirent fort peu, et pourquoi *Pertharite* tomba absolument. On ne put souffrir, dans *Théodore*, la seule idée du péril de la prostitution ; et si le public était devenu si délicat, à qui Corneille devait-il s'en prendre qu'à lui-même ? Avant lui, le viol réussissait dans les pièces de Hardy. Il manqua à Don Sanche *un suffrage illustre* [1] qui lui fit manquer tous ceux de la cour : exemple assez commun de la soumission des Français à de certaines autorités. Enfin, un mari qui veut racheter sa femme en cédant un royaume fut encore sans comparaison plus insupportable dans *Pertharite*, que la prostitution ne l'avait été dans *Théodore*. Le bon mari n'osa se montrer au public que deux fois. Cette chute du grand Corneille peut être mise parmi les exemples les plus remarquables des vicissitudes du monde ; et Bélisaire demandant l'aumône n'est pas plus étonnant.

Il se dégoûta du théâtre, et déclara qu'il y renonçait dans une petite préface assez chagrine qu'il mit au-devant de *Pertharite*. Il dit pour raison qu'il commence à vieillir ; et cette raison n'est que trop bonne, surtout quand il s'agit de poésie et des autres talents de l'imagination. L'espèce d'esprit qui dépend de l'imagination, et c'est ce qu'on appelle communément *esprit* dans le monde, ressemble à la beauté, et ne subsiste

____
[1] Celui de Louis de Bourbon, prince de Condé.

qu'avec la jeunesse. Il est vrai que la vieillesse vient plus tard pour l'esprit ; mais elle vient. Les plus dangereuses qualités qu'elle lui apporte sont la sécheresse et la dureté ; et il y a des esprits qui en sont naturellement plus susceptibles que d'autres, et qui donnent plus de prise aux ravages du temps : ce sont ceux qui avaient de la noblesse, de la grandeur, quelque chose de fier et d'austère. Cette sorte de caractère contracte aisément par les années je ne sais quoi de sec et de dur.

C'est à peu près ce qui arriva à Corneille : il ne perdit pas en vieillissant l'inimitable noblesse de son génie ; mais il s'y mêla quelquefois un peu de dureté. Il avait poussé les grands sentiments aussi loin que la nature pouvait souffrir qu'ils allassent ; il commença de temps en temps à les pousser un peu plus loin. Ainsi dans *Pertharite* une reine consent à épouser un tyran qu'elle déteste, pourvu qu'il égorge un fils unique qu'elle a, et que par cette action il se rende aussi odieux qu'elle souhaite qu'il le soit. Il est aisé de voir que ce sentiment, au lieu d'être noble, n'est que dur ; et il ne faut pas trouver mauvais que le public ne l'ait pas goûté.

Après *Pertharite*, Corneille, rebuté du théâtre, entreprit la traduction en vers de l'*Imitation de Jésus-Christ*. Il y fut porté par des pères jésuites de ses amis, par des sentiments de piété qu'il eut toute sa vie, et peut-être aussi par l'activité de son génie qui ne pouvait demeurer oisif. Cet ouvrage eut un succès prodigieux, et le dédommagea en toutes manières d'avoir quitté le théâtre. Cependant, si j'ose en parler avec une liberté que je ne devrais peut-être pas me permettre, je ne trouve point dans la traduction de Corneille le plus grand charme de l'*Imitation de Jésus-Christ*, je veux dire sa simplicité et sa naïveté. Elle se perd dans la pompe des vers qui était naturelle à Corneille, et je crois même qu'absolument la forme des vers lui est contraire. Ce livre, le plus beau qui soit parti de la main d'un homme, puisque l'Evangile n'en vient pas, n'irait pas droit au cœur comme il fait, et ne s'en saisirait pas avec tant de force, s'il n'avait un air naturel et tendre, à quoi la négligence même du style aide beaucoup.

Il se passe six ans pendant lesquels il ne parut de Corneille que l'*Imitation* en vers. Mais enfin, sollicité par M. Fouquet, et peut-être encore plus poussé par son penchant naturel, il se rengagea au théâtre. M. le surintendant, pour lui faciliter ce retour et lui ôter toutes les excuses que lui aurait pu fournir la difficulté de trouver des sujets, lui en proposa trois. Celui qu'il prit fut *OEdipe*; Thomas Corneille son frère prit *Camma*, qui était le second. Je ne sais quel fut le troisième.

La réconciliation de Corneille et du théâtre fut heureuse; *OEdipe* réussit fort bien. *La Toison d'or* fut faite ensuite à l'occasion du mariage du roi; et c'est la plus belle pièce à machines que nous ayons. Les machines, qui sont ordinairement étrangères à la pièce, deviennent par l'art du poète nécessaires à celle-là; et surtout le prologue doit servir de modèle aux prologues à la moderne, qui sont faits pour exposer non pas le sujet de la pièce, mais l'occasion pour laquelle elle a été faite.

Ensuite parurent *Sertorius* et *Sophonisbe*. Dans la première de ces deux pièces, la grandeur romaine éclate dans toute sa pompe, et l'idée qu'on pourrait se former de la conversation de deux grands hommes qui ont de grands intérêts à démêler est encore surpassée par la scène de Pompée et de Sertorius. Il semble que Corneille ait eu des mémoires particuliers sur les Romains.

Sophonisbe avait déjà été traitée par Mairet avec beaucoup de succès, et Corneille avoue qu'il se trouvait bien hardi d'oser la traiter de nouveau. Si Mairet avait joui de cet aveu, il en aurait été fort glorieux, même étant vaincu.

Il faut croire qu'*Agésilas* est de Corneille, puisque son nom y est, et qu'il y a une scène d'Agésilas et de Lysander qui ne pourrait pas facilement être d'un autre.

Après *Agésilas* vint *Othon*, ouvrage où Tacite est mis en œuvre par le grand Corneille, et où se sont unis deux génies si sublimes. Corneille y a peint la corruption de la cour des empereurs du même pinceau dont il avait peint les vertus de la république.

En ce temps-là des pièces d'un caractère fort différent des siennes parurent avec éclat sur le théâtre : elles étaient pleines de tendresse et de sentiments aimables. Si elles n'allaient pas jusqu'aux beautés sublimes, elles étaient bien éloignées de tomber dans des défauts choquants. Une élévation qui n'était pas du premier degré, beaucoup d'amour, un style très agréable et d'une élégance qui ne se démentait point, une infinité de traits vifs et naturels, un jeune auteur : voilà ce qu'il fallait aux femmes, dont le jugement a tant d'autorité au théâtre françois. Aussi furent-elles charmées, et Corneille ne fut plus chez elles que le vieux Corneille. J'en excepte quelques femmes qui valaient des hommes.

Le goût du siècle se tourna donc entièrement du côté du genre de tendresse moins noble, et dont le modèle se retrouvait plus aisément dans la plupart des cœurs. Mais Corneille dédaigna fièrement d'avoir de la complaisance pour ce nouveau goût. Peut-être croira-t-on que son âge ne lui permettait pas d'en avoir : ce soupçon serait très légitime, si l'on ne voyait ce qu'il a fait dans la *Psyché* de Molière, où, étant à l'ombre du nom d'autrui, il s'est abandonné à un excès de tendresse dont il n'aurait pas voulu déshonorer son nom.

Il ne pouvait mieux braver son siècle qu'en lui donnant *Attila*, digne roi des Huns. Il règne dans cette pièce une férocité noble que lui seul pouvait attraper. La scène où Attila délibère s'il se doit allier à l'Empire qui tombe, ou à la France qui s'élève, est une des belles choses qu'il ait faites.

Bérénice fut un duel dont tout le monde sait l'histoire. Une princesse [1], fort touchée des choses d'esprit, et qui eût pu les mettre à la mode dans un pays barbare, eut besoin de beaucoup d'adresse pour faire trouver les deux combattants sur le champ de bataille sans qu'ils sussent où on les menait. Mais à qui demeura la victoire ? au plus jeune.

Il ne reste plus que *Pulchérie* et *Suréna*, tous deux sans comparaison meilleurs que *Bérénice*, tous deux dignes de la vieillesse d'un grand homme. Le caractère de Pulchérie est de ceux que lui seul savait faire, et il s'est dépeint lui-même avec bien de la force dans Martian, qui est un vieillard amoureux. Le cinquième acte de cette pièce est tout à fait beau.

On voit dans *Suréna* une belle peinture d'un homme que son trop de mérite et de trop grands services rendent criminel auprès de son maître ; et ce fut par ce dernier effort que Corneille termina sa carrière.

La suite de ses pièces représente ce qui doit naturellement arriver à un grand homme qui

[1] Henriette-Anne d'Angleterre.

pousse le travail jusqu'à la fin de sa vie. Ses commencements sont faibles et imparfaits, mais déjà dignes d'admiration par rapport à son siècle ; ensuite il va aussi haut que son art peut atteindre ; à la fin il s'affaiblit, s'éteint peu à peu, et n'est plus semblable à lui-même que par intervalles.

Après *Suréna*, qui fut joué en 1675, Corneille renonça tout de bon au théâtre, et ne pensa plus qu'à mourir chrétiennement. Il ne fut pas même en état d'y penser beaucoup la dernière année de sa vie.

Je n'ai pas cru devoir interrompre la suite de ses grands ouvrages, pour parler de quelques autres beaucoup moins considérables qu'il a donnés de temps en temps. Il a fait, étant jeune, quelques petites pièces de galanterie, qui sont répandues dans des recueils. On a encore de lui quelques petites pièces de cent ou de deux cents vers au roi, soit pour le féliciter de ses victoires, soit pour lui demander des graces, soit pour le remercier de celles qu'il en avait reçues. Il a traduit deux ouvrages latins du père de La Rue, tous deux d'assez longue haleine, et plusieurs autres petites pièces de M. de Santeuil. Il estimait extrêmement ces deux poëtes. Lui-même faisait fort bien des vers latins ; et il en fit sur la campagne de Flandre, en 1667, qui parurent si beaux, que non seulement plusieurs personnes les mirent en français, mais que les meilleurs poètes latins en prirent l'idée, et les mirent encore en latin.

Il avait traduit sa première scène de *Pompée* en vers du style de Sénèque le tragique, pour lequel il n'avait pas d'aversion, non plus que pour Lucain. Il fallait aussi qu'il n'en eût pas pour Stace, fort inférieur à Lucain, puisqu'il en a traduit en vers et publié les deux premiers livres de *la Thébaïde*. Ils ont échappé à toutes les recherches qu'on a faites depuis un temps pour en retrouver quelques exemplaires.

Corneille était assez grand et assez plein, l'air fort simple et fort commun, toujours négligé, et peu curieux de son extérieur. Il avait le visage assez agréable, un grand nez, la bouche belle, les yeux pleins de feu, la physionomie vive, des traits fort marqués, et propres à être transmis à la postérité dans une médaille ou dans un buste. Sa prononciation n'était pas tout à fait nette; il lisait ses vers avec force, mais sans grace.

Il savait les belles-lettres, l'histoire, la politique; mais il les prenait principalement du côté qu'elles ont rapport au théâtre. Il n'avait pour toutes les autres connaissances ni loisir, ni curiosité, ni beaucoup d'estime. Il parlait peu, même sur la matière qu'il entendait si parfaitement. Il n'ornait pas ce qu'il disait; et pour trouver le grand Corneille, il le fallait lire.

Il était mélancolique; il lui fallait des sujets plus solides pour espérer et pour se réjouir que pour se chagriner ou pour craindre. Il avait l'humeur brusque, et quelquefois rude en apparence; au fond il était très aisé à vivre, bon père, bon mari, bon parent, tendre et plein d'amitié. Son tempérament le portait assez à l'amour, mais jamais au libertinage, et rarement aux grands attachements. Il avait l'ame fière et indépendante; nulle souplesse, nul manège; ce qui l'a rendu très propre à peindre la vertu romaine, et très peu propre à faire sa fortune. Il n'aimait point la cour; il y apportait un visage presque inconnu, un grand nom qui ne s'attirait que des louanges, et un mérite qui n'était point le mérite de ce pays-là. Rien n'était égal à son incapacité pour les af-

faires que son aversion ; les plus légères lui cau-
saient de l'effroi et de la terreur. Quoique son
talent lui eût beaucoup rapporté , il n'en était
guère plus riche. Ce n'est pas qu'il eût été fâché
de l'être ; mais il eût fallu le devenir par une ha-
bileté qu'il n'avait pas , et par des soins qu'il ne
pouvoir prendre. Il ne s'était point trop endurci
aux louanges , à force d'en recevoir ; mais , s'il
était sensible à la gloire , il était fort éloigné de
la vanité. Quelquefois il se confiait trop peu à
son rare mérite , et croyait trop facilement qu'il
pût avoir des rivaux

A beaucoup de probité naturelle il a joint, dans
tous les temps de sa vie , beaucoup de religion ,
et plus de piété que le commerce du monde n'en
permet ordinairement. Il a eu souvent besoin
d'être rassuré par des casuistes sur ses pièces de
théâtre, et ils lui ont toujours fait grace en faveur
de la pureté qu'il avait établie sur la scène , des
nobles sentiments qui règnent dans ses ouvrages, et de la vertu qu'il a mise jusque dans l'a-
mour.

FIN DE LA VIE DE P. CORNEILLE.

LE CID,

TRAGÉDIE EN CINQ ACTES.

1636.

PERSONNAGES.

DON FERNAND, premier roi de Castille.
DONA URRAQUE, infante de Castille.
DON DIÈGUE, père de don Rodrigue.
DON GOMÈS, comte de Gormas, père de Chimène.
CHIMÈNE, fille de don Gomès.
DON RODRIGUE, fils de don Diègue, et amant de Chimène.
DON SANCHE, amoureux de Chimène.
DON ARIAS,
DON ALONSE, } gentilshommes castillans.
LÉONOR, gouvernante de l'infante.
ELVIRE, gouvernante de Chimène.
Un page de l'infante.

La scène est à Séville*.

* Remarquez que la scène est tantôt au palais du roi, tantôt dans la maison du comte de Gormas, tantôt dans la ville ; mais, comme je le dis ailleurs, l'unité de lieu serait observée aux yeux des spectateurs, si on avait eu des théâtres dignes de Corneille, semblables à celui de Vicence, qui représente une ville, un palais, des rues, une place, etc. ; car cette unité ne consiste pas à représenter toute l'action dans un cabinet, dans une chambre, mais dans plusieurs endroits contigus que l'œil puisse apercevoir sans peine.

LE CID.

ACTE PREMIER.

SCÈNE PREMIÈRE *.

CHIMÈNE, ELVIRE.

CHIMÈNE.

Elvire, m'as-tu fait un rapport bien sincère ?
Ne déguises-tu rien de ce qu'a dit mon père ?

ELVIRE.

Tous mes sens à moi-même en sont encor charmés :
Il estime Rodrigue autant que vous l'aimez ;
Et si je ne m'abuse à lire dans son ame,
Il vous commandera de répondre à sa flamme.

CHIMENE.

Dis-moi donc, je te prie, une seconde fois
Ce qui te fait juger qu'il approuve mon choix
Apprends-moi de nouveau quel espoir j'en dois prendre ;
Un si charmant discours ne se peut trop entendre ;
Tu ne peux trop promettre aux feux de notre amour
La douce liberté de se montrer au jour.
Que t'a-t-il répondu sur la secrète brigue
Que font auprès de toi don Sanche et don Rodrigue ?
N'as-tu point trop fait voir quelle inégalité
Entre ces deux amants me penche d'un côté ?

* Dans l'origine, LE CID portait le titre de tragi-comédie, et s'ouvrait par une scène entre le comte de Gormas et Elvire, dans laquelle Corneille mettait en dialogue ce que Chimène apprend par le récit de sa suivante ; en changeant la forme de son exposition, l'auteur donna plus de rapidité à son action.

ELVIRE.

Non, j'ai peint votre cœur dans une indifférence
Qui n'enfle d'aucun d'eux, ni détruit l'espérance,
Et sans les voir d'un œil trop sévère ou trop doux,
Attend l'ordre d'un père à choisir un époux,
Ce respect l'a ravi, sa bouche et son visage
M'en ont donné sur l'heure un digne témoignage;
Et puisqu'il vous en faut encor faire un récit,
Voici d'eux et de vous ce qu'en hâte il m'a dit :
« Elle est dans le devoir, tous deux sont dignes d'elle,
« Tous deux formés d'un sang noble, vaillant, fidèle,
« Jeunes, mais qui font lire aisément dans leurs yeux
« L'éclatante vertu de leurs braves aïeux.
« Don Rodrigue surtout n'a trait en son visage,
« Qui d'un homme de cœur ne soit la haute image,
« Et sort d'une maison si féconde en guerriers,
« Qu'ils y prennent naissance au milieu des lauriers.
« La valeur de son père en son temps sans pareille,
« Tant qu'a duré sa force, a passé pour merveille;
« Ses rides sur son front ont gravé ses exploits,
« Et nous disent encor ce qu'il fut autrefois.
« Je me promets du fils ce que j'ai vu du père,
« Et ma fille, en un mot, peut l'aimer et me plaire. »
Il allait au conseil, dont l'heure qui pressait
A tranché ce discours qu'à peine il commençait;
Mais à ce peu de mots je crois que sa pensée
Entre vos deux amants n'est pas fort balancée.
Le roi doit à son fils élire un gouverneur,
Et c'est lui que regarde un tel degré d'honneur;
Ce choix n'est pas douteux et sa rare vaillance
Ne peut souffrir qu'on craigne aucune concurrence.
Comme ses hauts exploits le rendent sans égal,
Dans un espoir si juste il sera sans rival :
Et puisque don Rodrigue a résolu son père
Au sortir du conseil à proposer l'affaire,
Je vous laisse à juger s'il prendra bien son temps,
Et si tous vos désirs seront bientôt contents.

CHIMENE.

Il semble toutefois que mon ame troublée
Refuse cette joie, et s'en trouve accablée.

Un moment donne au sort des visages divers,
Et dans ce grand bonheur je crains un grand revers.

ELVIRE.

Vous verrez votre crainte heureusement déçue.

CHIMENE.

Allons, quoi qu'il en soit, en attendre l'issue.

SCENE II.

L'INFANTE, LÉONOR, PAGE.

L'INFANTE.

Page, allez avertir Chimène de ma part
Qu'aujourd'hui pour me voir elle attend un peu tard,
Et que mon amitié se plaint de sa paresse.

(Le page rentre.)

LÉONOR.

Madame, chaque jour même desir vous presse ;
Et dans son entretien je vous vois chaque jour,
Demander en quel point se trouve son amour.

L'INFANTE.

Ce n'est pas sans sujet ; je l'ai presque forcée
A recevoir les traits dont son ame est blessée ;
Elle aime don Rodrigue, et le tient de ma main,
Et par moi don Rodrigue a vaincu son dédain :
Ainsi de ces amants ayant formé les chaînes,
Je dois prendre intérêt à voir finir leurs peines.

LÉONOR.

Madame, toutefois parmi leurs bons succès
Vous montrez un chagrin qui va jusqu'à l'excès.
Cet amour, qui tous deux, les comble d'allégresse,
Fait-il de ce grand cœur la profonde tristesse ?
Et ce grand intérêt que vous prenez pour eux
Vous rend-il malheureuse alors qu'ils sont heureux ?
Mais je vais trop avant et deviens indiscrète.

L'INFANTE.

Ma tristesse redouble à la tenir secrète.
Ecoute, écoute enfin comme j'ai combattu,
Ecoute quels assauts brave encor ma vertu.

L'amour est un tyran qui n'épargne personne.
Ce jeune cavalier, cet amant que je donne,
Je l'aime.

LÉONOR.

Vous l'aimez !

L'INFANTE.

Mets la main sur mon cœur,
Et vois comme il se trouble au nom de son vainqueur,
Comme il le reconnaît !

LÉONOR.

Pardonnez-moi, madame,
Si je sors du respect pour blâmer cette flamme.
Une grande princesse à ce point s'oublier
Que d'admettre en son cœur un simple cavalier !
Et que dirait le roi, que dirait la Castille ?
Vous souvient-il encor de qui vous êtes fille ?

L'INFANTE.

Il m'en souvient si bien que j'épandrais mon sang,
Avant que je m'abaisse à démentir mon rang.
Je te répondrais bien que dans les belles âmes
Le seul mérite a droit de produire des flammes ;
Et, si ma passion cherchait à s'excuser,
Mille exemples fameux pourraient l'autoriser ;
Mais je n'en veux point suivre où ma gloire s'engage :
La surprise des sens n'abat point mon courage,
Et je me dis toujours qu'étant fille de roi,
Tout autre qu'un monarque est indigne de moi.
Quand je vis que mon cœur ne se pouvait défendre,
Moi-même je donnai ce que je n'osais prendre ;
Je mis, au lieu de moi, Chimène en ses liens,
Et j'allumai leurs feux pour éteindre les miens.
Ne t'étonne donc plus si mon âme gênée
Avec impatience attend leur hyménée :
Tu vois que mon repos en dépend aujourd'hui.
Si l'amour vit d'espoir, il périt avec lui :
C'est un feu qui s'éteint faute de nourriture ;
Et, malgré la rigueur de ma triste aventure,
Si Chimène a jamais Rodrigue pour mari,
Mon espérance est morte, et mon esprit guéri.

Je souffre cependant un tourment incroyable.
Jusques à cet hymen Rodrigue m'est aimable :
Je travaille à le perdre, et le perds à regret ;
Et de là prend son cours mon déplaisir secret.
Je vois avec chagrin que l'amour me contraigne
A pousser des soupirs pour ce que je dédaigne ;
Je sens en deux partis mon esprit divisé.
Si mon courage est haut, mon cœur est embrasé.
Cet hymen m'est fatal, je le crains, et souhaite :
Je n'ose en espérer qu'une joie imparfaite.
Ma gloire et mon amour ont pour moi tant d'appas
Que je meurs s'il s'achève, ou ne s'achève pas.

LÉONOR.

Madame, après cela je n'ai rien à vous dire,
Sinon que de vos maux avec vous je soupire :
Je vous blâmais tantôt, je vous plains à présent.
Mais, puisque dans un mal si doux et si cuisant
Votre vertu combat et son charme et sa force,
En repousse l'assaut, en rejette l'amorce,
Elle rendra le calme à vos esprits flottants.
Espérez donc tout d'elle et du secours du temps ;
Espérez tout du ciel : il a trop de justice
Pour laisser la vertu dans un si long supplice.

L'INFANTE.

Ma plus douce espérance est de perdre l'espoir.

LE PAGE.

Par vos commandements Chimène vous vient voir.

L'INFANTE, à Léonor.

Allez l'entretenir en cette galerie.

LÉONOR.

Voulez-vous demeurer dedans la rêverie ?

L'INFANTE.

Non, je veux seulement, malgré mon déplaisir,
Remettre mon visage un peu plus à loisir.
Je vous suis.

L'INFANTE.

          Juste ciel, d'où j'attends mon remède,
Mets enfin quelque borne au mal qui me possède,

Assure mon repos, assure mon honneur.
Dans le bonheur d'autrui je cherche mon bonheur.
Cet hyménée à trois également importe ;
Rends son effet plus prompt, ou mon ame plus forte.
D'un lien conjugal joindre ces deux amants,
C'est briser tous mes fers, et finir mes tourments.
Mais je tarde un peu trop, allons trouver Chimène,
Et, par son entretien, soulager notre peine.

SCÈNE III.

LE COMTE, D. DIÈGUE.

LE COMTE.

Enfin vous l'emportez, et la faveur du roi
Vous élève en un rang qui n'était dû qu'à moi ;
Il vous fait gouverneur du prince de Castille.

D. DIEGUE.

Cette marque d'honneur qu'il met dans ma famille
Montre à tous qu'il est juste, et fait connaître assez
Qu'il sait récompenser les services passés.

LE COMTE.　　　　　[sommes :

Pour grands que soient les rois, ils sont ce que nous
Ils peuvent se tromper comme les autres hommes ;
Et ce choix sert de preuve à tous les courtisans
Qu'ils savent mal payer les services présens.

D. DIEGUE.

Ne parlons plus d'un choix dont votre esprit s'irrite ;
La faveur l'a pu faire autant que le mérite,
Mais on doit ce respect au pouvoir absólu,
De n'examiner rien quand un roi l'a voulu.
A l'honneur qu'il m'a fait ajoutez-en un autre ;
Joignons d'un sacré nœud ma maison à la vôtre.
Vous n'avez qu'une fille, et moi je n'ai qu'un fils ;
Leur hymen nous peut rendre à jamais plus qu'amis :
Faites-nous cette grace, et l'acceptez pour gendre.

LE COMTE.

A des partis plus hauts ce beau fils doit prétendre,

Et le nouvel éclat de votre dignité
Lui doit enfler le cœur d'une autre vanité.
Exercez-la, monsieur, et gouvernez le prince ;
Montrez-lui comme il faut régir une province,
Faire trembler partout les peuples sous sa loi,
Remplir les bons d'amour, et les méchants d'effroi:
Joignez à ces vertus celle d'un capitaine ;
Montrez-lui comme il faut s'endurcir à la peine,
Dans le métier de Mars se rendre sans égal,
Passer les jours entiers et les nuits à cheval,
Reposer tout armé, forcer une muraille,
Et ne devoir qu'à soi le gain d'une bataille :
Instruisez-le d'exemple, et rendez-le parfait,
Expliquant à ses yeux vos leçons par l'effet.

D. DIEGUE.

Pour s'instruire d'exemple, en dépit de l'envie
Il lira seulement l'histoire de ma vie.
Là, dans un long tissu de belles actions ,
Il verra comme il faut dompter les nations,
Attaquer une place, ordonner une armée,
Et sur de grands exploits bâtir sa renommée.

LE CONTE.

Les exemples vivants sont d'un autre pouvoir
Un prince, dans un livre, apprend mal son devoir.
Et qu'a fait, après tout, ce grand nombre d'années,
Que ne puisse égaler une de mes journées?
Si vous fûtes vaillant, je le suis aujourd'hui ;
Et ce bras, du royaume est le plus ferme appui.
Grenade et l'Aragon tremblent que ce fer brille :
Mon nom sert de rempart à toute la Castille :
Sans moi, vous passeriez bientôt sous d'autres lois,
Et vous auriez bientôt vos ennemis pour rois.
Chaque jour, chaque instant, pour rehausser ma gloire,
Met lauriers sur lauriers, victoire sur victoire :
Le prince à mes côtés ferait dans les combats
L'essai de son courage à l'ombre de mon bras ;
Il apprendrait à vaincre en me regardant faire ;
Et, pour répondre en hâte à son grand caractère,

Il verrait.....

D. DIEGUE.

Je le sais, vous servez bien le roi.
Je vous ai vu combattre et commander sous moi :
Quand l'âge dans mes nerfs a fait couler sa glace,
Votre rare valeur a bien rempli ma place :
Enfin, pour épargner les discours superflus,
Vous êtes aujourd'hui ce qu'autrefois je fus.
Vous voyez toutefois qu'en cette concurrence
Un monarque entre nous met quelque différence.

LE COMTE.

Ce que je méritais vous l'avez emporté.

D. DIEGUE.

Qui l'a gagné sur vous l'avait mieux mérité.

LE COMTE.

Qui peut mieux l'exercer en est bien le plus digne.

D. DIEGUE.

En être refusé n'en est pas un bon signe.

LE COMTE.

Vous l'avez eu par brigue, étant vieux courtisan.

D. DIEGUE.

L'éclat de mes hauts faits fut mon seul partisan.

LE COMTE.

Parlons-en mieux, le roi fait honneur à votre âge.

D. DIEGUE.

Le roi, quand il en fait, le mesure au courage.

LE COMTE.

Et par là cet honneur n'était dû qu'à mon bras,

D. DIÈGUE.

Qui n'a pu l'obtenir ne le méritait pas.

LE COMTE.

Ne le méritait pas ! Moi?

D. DIEGUE.

Vous.

LE COMTE.

Ton impudence,
Téméraire vieillard, aura sa récompense.

(Il lui donne un soufflet.)

D. DIEGUE, *mettant l'épée à la main.*

Achève, et prends ma vie après un tel affront,
Le premier dont ma race ait vu rougir son front.

LE COMTE.

Et que penses-tu faire avec tant de faiblesse ?

D. DIEGUE.

O Dieu ! ma force usée en ce besoin me laisse !

LE COMTE.

Ton épée est à moi ; mais tu serais trop vain,
Si ce honteux trophée avait chargé ma main.
    Adieu. Fais lire au prince, en dépit de l'envie,
Pour son instruction l'histoire de ta vie ;
D'un insolent discours ce juste châtiment
Ne lui servira pas d'un petit ornement.

SCÈNE IV.

D. DIEGUE.

O rage ! ô désespoir ! ô vieillesse eunemie !
N'ai-je donc tant vécu que pour cette infamie ?
Et ne suis-je blanchi dans les travaux guerriers
Que pour voir en un jour flétrir tant de lauriers ?
Mon bras qu'avec respect toute l'Espagne admire,
Mon bras, qui tant de fois a sauvé cet empire,
Tant de fois affermi le trône de son roi,
Trahit donc ma querelle, et ne fait rien pour moi?
O cruel souvenir de ma gloire passée !
OEuvre de tant de jours en un jour effacée !
Nouvelle dignité, fatale à mon bonheur !
Précipice élevé d'où tombe mon honneur !
Faut-il de votre éclat voir triompher le comte,
Et mourir sans vengeance, ou vivre dans la honte?
Comte, sois de mon prince à présent gouverneur ;
Ce haut rang n'admet point un homme sans honneur ;
Et ton jaloux orgueil, par cet affront insigne,
Malgré le choix du roi m'en a su rendre indigne.
Et toi, de mes exploits glorieux instrument,
Mais d'un corps tout de glace inutile ornement,

Fer, jadis tant à craindre, et qui, dans cette offense,
M'as servi de parade, et non pas de défense,
Va, quitte désormais le dernier des humains,
Passe, pour me venger, en de meilleures mains.

SCÈNE V.

D. DIEGUE, D. RODRIGUE.

D. DIEGUE.

Rodrigue, as-tu du cœur?

D. RODRIGUE.

            Tout autre que mon père
L'éprouverait sur l'heure.

D. DIEGUE.

            Agréable colère !
Digne ressentiment à ma douleur bien doux !
Je reconnais mon sang à ce noble courroux ;
Ma jeunesse revit en cette ardeur si prompte.
Viens, mon fils, viens, mon sang, viens réparer ma
Viens me venger.   [honte ;

D. RODRIGUE.

De quoi ?

D. DIEGUE.

            D'un affront si cruel,
Qu'à l'honneur de tous deux il porte un coup mortel ;
D'un soufflet. L'insolent en eût perdu la vie ;
Mais mon âge a trompé ma généreuse envie ;
Et ce fer, que mon bras ne peut plus soutenir,
Je le remets au tien pour venger et punir.
Va contre un arrogant éprouver ton courage :
Ce n'est que dans le sang qu'on lave un tel outrage ;
Meurs, ou tue. Au surplus, pour ne te point flatter,
Je te donne à combattre un homme à redouter ;
Je l'ai vu tout couvert de sang et de poussière,
Porter partout l'effroi dans une armée entière.
J'ai vu, par sa valeur, cent escadrons rompus ;
Et, pour t'en dire encor quelque chose de plus,

Plus que brave soldat, plus que grand capitaine,
C'est....

D. RODRIGUE.

De grace, achevez.

D. DIEGUE.

Le père de Chimène.

D. RODRIGUE.

Le...?

D. DIEGUE.

Ne réplique point, je connais ton amour ;
Mais qui peut vivre infame est indigne du jour ;
Plus l'offenseur est cher, et plus grande est l'offense.
Enfin tu sais l'affront, et tu tiens la vengeance :
Je ne te dis plus rien. Venge-moi, venge-toi.
Montre-toi digne fils d'un père tel que moi.
Accablé des malheurs où le destin me range,
Je vais les déplorer. Va, cours, vole, et nous venge

SCÈNE VI.

D. RODRIGUE.

Percé jusques au fond du cœur
D'une atteinte imprévue aussi bien que mortelle,
Misérable vengeur d'une juste querelle,
Et malheureux objet d'une injuste rigueur,
Je demeure immobile, et mon ame abattue
Cède au coup qui me tue.
Si près de voir mon feu récompensé,
O Dieu ! l'étrange peine !
En cet affront mon père est l'offensé,
Et l'offenseur le père de Chimène !

Que je sens de rudes combats !
Contre mon propre honneur mon amour s'intéresse :
Il faut venger un père, et perdre une maîtresse.
L'un m'anime le cœur, l'autre retient mon bras.
Réduit au triste choix ou de trahir ma flamme,
Ou de vivre en infame,

Des deux côtés mon mal est infini.
    O Dieu, l'étrange peine !
Faut-il laisser un affront impuni ?
Faut-il punir le père de Chimène ?

    Père, maîtresse, honneur, amour,
Noble et dure contrainte, aimable tyrannie,
Tous mes plaisirs sont morts, ou ma gloire ternie.
L'un me rend malheureux, l'autre indigne du jour.
Cher et cruel espoir d'une ame généreuse,
    Mais ensemble amoureuse,
Digne ennemi de mon plus grand bonheur,
    Fer qui causes ma peine,
M'es-tu donné pour venger mon honneur ?
M'es-tu donné pour perdre ma Chimène ?

    Il vaut mieux courir au trépas.
Je dois à ma maîtresse aussi bien qu'à mon père ;
J'attire en me vengeant sa haine et sa colère ;
J'attire ses mépris en ne me vengeant pas.
A mon plus doux espoir l'un me rend infidèle,
    Et l'autre indigne d'elle.
Mon mal augmente à le vouloir guérir ;
    Tout redouble ma peine.
Allons, mon ame ; et puisqu'il faut mourir,
Mourons du moins sans offenser Chimène.

    Mourir sans tirer ma raison !
Rechercher un trépas si mortel à ma gloire !
Endurer que l'Espagne impute à ma mémoire
D'avoir mal soutenu l'honneur de ma maison !
Respecter un amour dont mon ame égarée
    Voit la perte assurée !
N'écoutons plus ce penser suborneur,
    Qui ne sert qu'à ma peine.
Allons, mon bras, sauvons du moins l'honneur,
Puisque après tout il faut perdre Chimène.

    Oui, mon esprit s'était déçu.
Je dois tout à mon père avant qu'à ma maîtresse :
Que je meure au combat, ou meure de tristesse,
Je rendrai mon sang pur comme je l'ai reçu.

Je m'accuse déjà de trop de négligence ;
   Courons à la vengeance ;
Et, tout honteux d'avoir tant balancé,
   Ne soyons plus en peine,
(Puisqu'aujourd'hui mon père est l'offensé,)
Si l'offenseur est père de Chimène.

FIN DU PREMIER ACTE.

ACTE II.

SCÈNE PREMIÈRE.

D. ARIAS, LE COMTE.

LE COMTE.

Je l'avoue entre nous, mon sang un peu trop chaud,
S'est trop ému d'un mot, et l'a porté trop haut.
Mais, puisque c'en est fait, le coup est sans remède.

D. ARIAS.

Qu'aux volontés du roi ce grand courage cède :
Il y prend grande part; et son cœur irrité
Agira contre vous de pleine autorité.
Aussi vous n'avez point de valable défense,
Le rang de l'offensé, la grandeur de l'offense,
Demandent des devoirs et des submissions
Qui passent le commun des satisfactions.

LE COMTE.

Le roi peut, à son gré, disposer de ma vie.

D. ARIAS.

De trop d'emportement votre faute est suivie.
Le roi vous aime encore ; apaisez son courroux :
Il a dit : JE LE VEUX ; désobéirez-vous ?

LE COMTE.

Monsieur, pour conserver tout ce que j'ai d'estime,
Désobéir un peu n'est pas un si grand crime ;
Et, quelque grand qu'il soit, mes services présents
Pour le faire abolir sont plus que suffisants.

D. ARIAS.

Quoi qu'on fasse d'illustre et de considérable,
Jamais à son sujet un roi n'est redevable.
Vous vous flattez beaucoup, et vous devez savoir
Que qui sert bien son roi ne fait que son devoir.
Vous vous perdrez, monsieur, sur cette confiance.

LE COMTE.

Je ne vous en croirai qu'après l'expérience.

D. ARIAS.

Vous devez redouter la puissance d'un roi.

LE COMTE.

Un jour seul ne perd pas un homme tel que moi.
Que toute sa grandeur s'arme pour mon supplice,
Tout l'état périra, s'il faut que je périsse.

D. ARIAS.

Quoi ! vous craignez si peu le pouvoir souverain....

LE COMTE.

D'un sceptre qui sans moi tomberait de sa main.
Il a trop d'intérêt lui-même en ma personne,
Et ma tête en tombant ferait choir sa couronne.

D. ARIAS.

Souffrez que la raison remette vos esprits.
Prenez un bon conseil.

LE COMTE.

     Le conseil en est pris.

D. ARIAS.

Que lui dirai-je enfin ? je lui dois rendre compte.

LE COMTE.

Que je ne puis du tout consentir à ma honte.

D. ARIAS.

Mais songez que les rois veulent être absolus.

LE COMTE.

Le sort en est jeté, monsieur ; n'en parlons plus

D. ARIAS.

Adieu donc, puisqu'en vain je tâche à vous résoudre.
Avec tous vos lauriers, craignez encor le foudre.

LE COMTE.

Je l'attendrai sans peur.

D. ARIAS.

     Mais non pas sans effet.

LE COMTE.

Nous verrons donc par là don Diègue satisfait.

(*Il est seul.*)

Qui ne craint point la mort ne craint point les menaces.
J'ai le cœur au-dessus des plus fières disgraces ;
Et l'on peut me réduire à vivre sans bonheur,
Mais non pas me résoudre à vivre sans honneur.

SCÈNE II.

LE COMTE, D. RODRIGUE.

D. RODRIGUE.

A moi, comte, deux mots.

LE COMTE.

Parle.

D. RODRIGUE.

Ote-moi d'un doute.
Connais-tu bien don Diègue ?

LE COMTE.

Oui.

D. RODRIGUE.

Parlons bas ; ecoute.
Sais-tu que ce vieillard fut la même vertu,
La vaillance et l'honneur de son temps ? le sais-tu ?

LE COMTE.

Peut-être.

D. RODRIGUE.

Cette ardeur que dans les yeux je porte,
Sais-tu que c'est son sang ? le sais-tu ?

LE COMTE.

Que m'importe ?

D. RODRIGUE.

A quatre pas d'ici je te le fais savoir.

LE COMTE.

Jeune présomptueux.

D. RODRIGUE.

Parle sans t'émouvoir.

Je suis jeune, il est vrai ; mais aux ames bien nées
La valeur n'attend pas le nombre des années.

LE COMTE.

Te mesurer à moi ! Qui t'a rendu si vain,
Toi qu'on n'a jamais vu les armes à la main ?

D. RODRIGUE.

Mes pareils à deux fois ne se font point connaître,
Et pour leurs coups d'essai veulent des coups de maître.

LE COMTE.

Sais-tu bien qui je suis ?

D. RODRIGUE.

Oui : tout autre que moi
Au seul bruit de ton nom pourrait trembler d'effroi.
Les palmes dont je vois ta tête si couverte
Semblent porter écrit le destin de ma perte.
J'attaque en téméraire un bras toujours vainqueur ;
Mais j'aurai trop de force ayant assez de cœur.
A qui venge son père il n'est rien d'impossible.
Ton bras est invaincu, mais non pas invincible.

LE COMTE.

Ce grand cœur qui paraît au discours que tu tiens
Par tes yeux, chaque jour, se découvrait aux miens ;
Et croyant voir en toi l'honneur de la Castille,
Mon ame avec plaisir te destinait ma fille.
Je sais ta passion, et suis ravi de voir
Que tous ces mouvements cèdent à ton devoir ;
Qu'ils n'ont point affaibli cette ardeur magnanime ;
Que ta haute vertu répond à mon estime ;
Et que, voulant pour gendre un cavalier parfait,
Je ne me trompais point au choix que j'avais fait.
Mais je sens que pour toi ma pitié s'intéresse :
J'admire ton courage, et je plains ta jeunesse.
Ne cherche point à faire un coup d'essai fatal ;
Dispense ma valeur d'un combat inégal ;
Trop peu d'honneur pour moi suivrait cette victoire :
A vaincre sans péril, on triomphe sans gloire.

On te croirait toujours abattu sans effort ;
Et j'aurais seulement le regret de ta mort.

D. RODRIGUE.

D'une indigne pitié ton audace est suivie :
Qui m'ose ôter l'honneur craint de m'ôter la vie !

LE COMTE.

Retire toi d'ici.

D. RODRIGUE.

Marchons sans discourir.

LE COMTE.

Es-tu si las de vivre ?

D. RODRIGUE.

As-tu peur de mourir ?

LE COMTE.

Viens, tu fais ton devoir ; et le fils dégénère
Qui survit un moment à l'honneur de son père.

SCÈNE III.

L'INFANTE, CHIMÈNE, LÉONOR.

L'INFANTE.

Apaise, ma Chimène, apaise ta douleur ;
Fais agir ta constance en ce coup de malheur :
Tu reverras le calme après ce faible orage ;
Ton bonheur n'est couvert que d'un peu de nuage,
Et tu n'as rien perdu pour le voir différer.

CHIMÈNE.

Mon cœur outré d'ennuis n'ose rien espérer.
Un orage si prompt qui trouble une bonace,
D'un naufrage certain nous porte la menace ;
Je n'en saurais douter, je péris dans le port.
J'aimais, j'étais aimée, et nos pères d'accord ;
Et je vous en contais la charmante nouvelle,
Au malheureux moment que naissait leur querelle,
Dont le récit fatal, sitôt qu'on vous l'a fait,
D'une si douce attente a ruiné l'effet.

Maudite ambition, détestable manie,
Dont les plus généreux souffrent la tyrannie !
Honneur, impitoyable à mes plus chers désirs,
Que tu me vas coûter de pleurs et de soupirs !

L'INFANTE.

Tu n'as dans leur querelle aucun sujet de craindre ;
Un moment l'a fait naître, un moment va l'éteindre :
Elle a fait trop de bruit pour ne pas s'accorder,
Puisque déjà le roi les veut accommoder ;
Et tu sais que mon ame, à tes ennuis sensible,
Pour en tarir la source y fera l'impossible.

CHIMÈNE.

Les accomodements ne font rien en ce point :
De si mortels affronts ne se réparent point.
En vain on fait agir la force ou la prudence ;
Si l'on guérit le mal ce n'est qu'en apparence ;
La haine que les cœurs conservent au-dedans
Nourrit des feux cachés, mais d'autant plus ardents.

L'INFANTE.

Le saint nœud qui joindra don Rodrigue et Chimène
Des pères ennemis   dissipera la haine ;
Et nous verrons bientôt votre amour le plus fort
Par un heureux hymen étouffer ce discord.

CHIMÈNE.

Je le souhaite ainsi plus que je ne l'espère :
Don Diègue est trop altier, et je connais mon père.
Je sens couler des pleurs que je veux retenir ;
Le passé me tourmente, et je crains l'avenir.

L'INFANTE.

Que crains-tu ? d'un vieillard l'impuissante faiblesse ?

CHIMENE.

Rodrigue a du courage.

L'INFANTE.

            Il a trop de jeunesse.

CHIMENE.

Les hommes valeureux le sont du premier coup.

L'INFANTE.

Tu ne dois pas pourtant le redouter beaucoup :
Il est trop amoureux pour te vouloir déplaire ;
Et deux mots de ta bouche arrêtent sa colère.

CHIMÈNE.

S'il ne m'obéit point, quel comble à mon ennui !
Et, s'il peut m'obéir, que dira-t-on de lui ?
Etant né ce qu'il est, souffrir un tel outrage !
Soit qu'il cède ou résiste au feu qui me l'engage,
Mon esprit ne peut qu'être ou honteux, ou confus,
De son trop de respect ou d'un juste refus.

L'INFANTE.

Chimène a l'ame haute, et, quoiqu'intéressée,
Elle ne peut souffrir une basse pensée :
Mais, si jusques au jour de l'accommodement
Je fais mon prisonnier de ce parfait amant,
Et que j'empêche ainsi l'effet de son courage,
Ton esprit amoureux n'aura-t-il point d'ombrage ?

CHIMÈNE.

Ah, madame ! en ce cas je n'ai plus de souci.

SCÈNE IV.

L'INFANTE, CHIMÈNE, LÉONOR, LE PAGE.

L'INFANTE.

Page, cherchez Rodrigue, et l'amenez ici.

LE PAGE.

Le comte de Gormas et lui...

CHIMÈNE.

Bon dieu ! je tremble.

L'INFANTE.

Parlez.

LE PAGE

De ce palais ils sont sortis ensemble.

CHIMÈNE.

Seuls ?

LE PAGE.

Seuls, et qui semblaient tout bas se quereller.

CHIMÈNE.

Sans doute ils sont aux mains, il n'en faut plus parler.
Madame, pardonnez à cette promptitude.

SCÈNE V.

L'INFANTE, LÉONOR.

L'INFANTE.

Hélas ! que dans l'esprit je sens d'inquiétude !
Je pleure ses malheurs, son amant me ravit ;
Mon repos m'abandonne, et ma flamme revit.
Ce qui va séparer Rodrigue de Chimène
Fait renaître à la fois mon espoir et ma peine ;
Et leur division, que je vois à regret,
Dans mon esprit charmé jette un plaisir secret.

LÉONOR.

Cette haute vertu qui règne dans votre ame
Se rend-elle sitôt a cette lâche flamme ?

L'INFANTE.

Ne la nomme point lâche, à présent que chez moi
Pompeuse et triomphante elle me fait la loi ;
Porte-lui du respect, puisqu'elle m'est si chère.
Ma vertu la combat, mais, malgré moi, j'espère ;
Et d'un si fol espoir mon cœur mal défendu
Vole après un amant que Chimène a perdu.

LÉONOR.

Vous laissez choir ainsi ce glorieux courage ?
Et la raison chez vous perd ainsi son usage ?

L'INFANTE.

Ah ! qu'avec peu d'effet on entend la raison,
Quand le cœur est atteint d'un si charmant poison !
Et lorsque le malade aime sa maladie,
Qu'il a peine à souffrir que l'on y remédie !

LÉONOR.

Votre espoir vous séduit, votre mal vous est doux :
Mais enfin ce Rodrigue est indigne de vous.

L'INFANTE.

Je ne le sais que trop ; mais, si ma vertu cède,
Apprends comme l'amour flatte un cœur qu'il possède.
Si Rodrigue une fois sort vainqueur du combat,
Si dessous sa valeur ce grand guerrier s'abat,
Je puis en faire cas, je puis l'aimer sans honte.
Que ne fera-t-il point, s'il peut vaincre le comte !
J'ose m'imaginer qu'à ses moindres exploits
Les royaumes entiers tomberont sous ses lois ;
Et mon amour flatteur déjà me persuade
Que je le vois assis au trône de Grenade,
Les Maures subjugués trembler en l'adorant,
L'Aragon recevoir ce nouveau conquérant,
Le Portugal se rendre, et ses nobles journées
Porter delà les mers ses hautes destinées,
Du sang des Africains arroser ses lauriers :
Enfin, tout ce qu'on dit des plus fameux guerriers,
Je l'attends de Rodrigue après cette victoire,
Et fais de son amour un sujet de ma gloire.

LÉONOR.

Mais, madame, voyez où vous portez son bras,
En suite d'un combat qui peut-être n'est pas.

L'INFANTE.

Rodrigue est offensé, le comte a fait l'outrage ;
Ils sont sortis ensemble ; en faut-il davantage ?

LÉONOR.

Eh bien ! ils se battront, puisque vous le voulez ;
Mais Rodrigue ira-t-il si loin que vous allez ?

L'INFANTE.

Que veux-tu ? je suis folle, et mon esprit s'égare ;
Je vois par là quels maux cet amour me prépare.
Viens dans mon cabinet consoler mes ennuis ;
Et ne me quitte point dans le trouble où je suis.

SCÈNE VI.

D. FERNAND, D. ARIAS, D. SANCHE.

D. FERNAND.

Le comte est donc si vain et si peu raisonnable !
Ose-t-il croire encor son crime pardonnable?

D. ARIAS.

Je l'ai de votre part longtemps entretenu.
J'ai fait mon pouvoir, sire, et n'ai rien obtenu.

D. FERNAND.

Justes cieux ! ainsi donc un sujet téméraire
A si peu de respect et de soin de me plaire !
Il offense don Diègue, et méprise son roi !
Au milieu de ma cour il me donne la loi !
Qu'il soit brave guerrier, qu'il soit grand capitaine,
Je saurai bien rabattre une humeur si hautaine;
Fût-il la valeur même, et le dieu des combats,
Il verra ce que c'est que de n'obéir pas.
Quoi qu'ait pu mériter une telle insolence,
Je l'ai voulu d'abord traiter sans violence;
Mais, puisqu'il en abuse, allez dès aujourd'hui,
Soit qu'il résiste, ou non, vous assurer de lui.

D. SANCHE.

Peut-être un peu de temps le rendrait moins rebelle;
On l'a pris tout bouillant encor de sa querelle;
Sire, dans la chaleur d'un premier mouvement,
Un cœur si généreux se rend malaisément.
Il voit bien qu'il a tort, mais une ame si haute
N'est pas sitôt réduite à confesser sa faute.

D. FERNAND.

Don Sanche, taisez-vous, et soyez averti
Qu'on se rend criminel à prendre son parti.

D. SANCHE.

J'obéis, et me tais; mais de grace encor, sire;
Deux mots en sa défense.

D. FERNAND.

        Et que pourrez-vous dire?

D. SANCHE.

Qu'un ame accoutumée aux grandes actions
Ne se pout abaisser à des submissions :
Elle n'en conçoit point qui s'expliquent sans honte ;
Et c'est à ce mot seul que résiste le comte.
Il trouve en son devoir un peu trop de rigueur,
Et vous obéirait, s'il avait moins de cœur.
Commandez que son bras , nourri dans les alarmes ,
Répare cette injure à la pointe des armes ;
Il satisfera , sire ; et vienne qui voudra ,
Attendant qu'il l'ait su , voici qui répondra.

D. FERNAND.

Vous perdez le respect : mais je pardonne à l'âge ,
Et j'excuse l'ardeur en un jeune courage.
Un roi dont la prudence a de meilleurs objets
Est meilleur ménager du sang de ses sujets ;
Je veille pour les miens , mes soucis les conservent,
Comme le chef a soin des membres qui le servent.
Ainsi votre raison n'est pas raison pour moi ;
Vous parlez en soldat , je dois agir en roi ;
Et , quoi qu'on veuille dire , et quoi qu'il ose croire ,
Le comte à m'obéir ne peut perdre sa gloire.
D'ailleurs , l'affront me touche ; il a perdu d'honneur
Celui que de mon fils j'ai fait le gouverneur :
S'attaquer à mon choix, c'est se prendre à moi-même.
Et faire un attentat sur le pouvoir suprême.
N'en parlons plus. Au reste, on a vu dix vaisseaux
De nos vieux ennemis arborer les drapeaux ;
Vers la bouche du fleuve ils ont osé paraître.

D. ARIAS.

Les Maures ont appris par force à vous connaître ,
Et , tant de fois vaincus , ils ont perdu le cœur
De se plus hasarder contre un si grand vainqueur.

D. FERNAND.

Ils ne verront jamais, sans quelque jalousie ,
Mon sceptre, en dépit d'eux, régir l'Andalousie ;
Et ce pays si beau, qu'ils ont trop possédé ,
Avec un œil d'envie est toujours regardé.

C'est l'unique raison qui m'a fait dans Séville
Placer, depuis dix ans, le trône de Castille ,
Pour les voir de plus près , et d'un ordre plus prompt
Renverser aussitôt ce qu'ils entreprendront.

D. ARIAS.

Ils savent aux dépens de leurs plus dignes têtes
Combien votre présence assure vos conquêtes ;
Vous n'avez rien à craindre.

D. FERNAND.

     Et rien à négliger,
Le trop de confiance attire le danger ;
Et vous n'ignorez pas qu'avec fort peu de peine,
Un flux de pleine mer jusqu'ici les amène.
Toutefois j'aurais tort de jeter dans les cœurs ,
L'avis étant mal sur , de paniques terreurs.
L'effroi que produirait cette alarme inutile,
Dans la nuit qui survient troublerait trop la ville :
Faites doubler la garde aux murs et sur le port ,
C'est assez pour ce soir.

SCÈNE VII.

D. FERNAND, D. ALONSE, D. SANCHE, D. ARIAS.

D. ALONSE.

     Sire , le comte est mort.
Don Diègue par son fils a vengé son offense.

LE ROI.

Dès que j'ai su l'affront j'ai prévu la vengeance
Et j'ai voulu dès lors prévenir ce malheur.

D. ALONSE.

Chimène à vos genoux apporte sa douleur ;
Elle vient tout en pleurs vous demander justice

D. FERNAND.

Bien qu'à ses déplaisirs mon ame compatisse,
Ce que le comte a fait semble avoir mérité
Ce digne châtiment de sa témérité.
Quelque juste pourtant que puisse être sa peine,
Je ne puis sans regret perdre un tel capitaine.

Après un long service à mon état rendu,
Après son sang pour moi mille fois répandu,
A quelques sentiments que son orgueil m'oblige,
Sa perte m'affaiblit, et son trépas m'afflige.

SCÈNE VIII.

D. FERNAND, D. DIÈGUE, CHIMÈNE, D. SANCHE, D. ARIAS, D. ALONSE.

CHIMENE.

Sire, sire, justice.

D. DIEGUE.

Ah! sire, écoutez-nous.

CHIMENE.

Je me jette à vos pieds.

D. DIEGUE.

J'embrasse vos genoux.

CHIMENE.

Je demande justice.

D. DIEGUE.

Entendez ma défense.

CHIMENE.

D'un jeune audacieux punissez l'insolence;
Il a de votre sceptre abattu le soutien,
Il a tué mon père.

D. DIEGUE.

Il a vengé le sien.

CHIMENE.

Au sang de ses sujets un roi doit la justice.

D. DIEGUE.

Pour la juste vengeance il n'est point de supplice.

D. FERNAND.

Levez-vous l'un et l'autre, et parlez à loisir.
Chimène, je prends part à votre déplaisir;

D'une égale douleur je sens mon ame atteinte.
   (*à don Diègue.*)
Vous parlerez après; ne troublez pas sa plainte.

CHIMENE.

Sire, mon père est mort; mes yeux ont vu son sang
Couler à gros bouillons de son généreux flanc ;
Ce sang qui tant de fois garantit vos murailles,
Ce sang qui tant de fois vous gagna des batailles,
Ce sang qui tout sorti fume encor de courroux
De se voir répandu pour d'autres que pour vous,
Qu'au milieu des hasards n'osait verser la guerre,
Rodrigue en votre cour vient d'en couvrir la terre.
J'ai couru sur le lieu sans force et sans couleur ;
Je l'ai trouvé sans vie. Excusez ma douleur,
Sire; la voix me manque à ce récit funeste ;
Mes pleurs et mes soupirs vous diront mieux le reste.

D. FERNAND.

Prends courage, ma fille , et sache qu'aujourd'hui
Ton roi te veut servir de père au lieu de lui.

CHIMENE.

Sire , de trop d'honneur ma misère est suivie.
Je vous l'ai déjà dit, je l'ai trouvé sans vie;
Son flanc était ouvert ; et, pour mieux m'émouvoir,
Son sang sur la poussière écrivait mon devoir;
Ou plutôt sa valeur en cet état réduite
Me parlait par sa plaie, et hâtait ma poursuite ;
Et, pour se faire entendre au plus juste des rois,
Par cette triste bouche elle empruntait ma voix.
Sire, ne souffrez pas que sous votre puissance
Règne devant vos yeux une telle licence ;
Que les plus valeureux, avec impunité,
Soient exposés aux coups de la témérité ;
Qu'un jeune audacieux triomphe de leur gloire,
Se baigne dans leur sang, et brave leur mémoire.
Un si vaillant guerrier qu'on vient de vous ravir
Eteint, s'il n'est vengé, l'ardeur de vous servir.
Enfin, mon père est mort, j'en demande vengeance,
Plus pour votre intérêt que pour mon allégeance.

Vous perdez en la mort d'un homme de son rang ;
Vengez-la par une autre, et le sang par le sang.
Immolez, non à moi, mais à votre couronne,
Mais à votre grandeur, mais à votre personne ;
Immolez, dis-je, sire, au bien de tout l'état
Tout ce qu'enorgueillit un si grand attentat.

D. FERNAND.

Don Diègue, répondez.

D. DIÈGUE.

Qu'on est digne d'envie
Lorsqu'en perdant la force on perd aussi la vie !
Et qu'un long âge apprête aux hommes généreux,
Au bout de leur carrière, un destin malheureux !
Moi, dont les longs travaux ont acquis tant de gloire,
Moi, que jadis partout a suivi la victoire,
Je me vois aujourd'hui, pour avoir trop vecu,
Recevoir un affront, et demeurer vaincu.
Ce que n'a pu jamais combat, siège, embuscade,
Ce que n'a jamais pu Aragon, ni Grenade,
Ni tous vos ennemis, ni tous mes envieux,
Le comte en votre cour l'a fait presque à vos yeux.
Jaloux de votre choix, et fier de l'avantage
Que lui donnait sur moi l'impuissance de l'âge,
Sire, ainsi ces cheveux blanchis sous le harnois,
Ce sang pour vous servir prodigué tant de fois,
Ce bras jadis l'effroi d'une armée ennemie,
Descendaient au tombeau tout chargés d'infamie,
Si je n'eusse produit un fils digne de moi,
Digne de son pays, et digne de son roi :
Il m'a prêté sa main, il a tué le comte ;
Il m'a rendu l'honneur, il a lavé ma honte.
Si montrer du courage et du ressentiment,
Si venger un soufflet mérite un châtiment,
Sur moi seul doit tomber l'éclat de la tempête :
Quand le bras a failli, l'on en punit la tête.
Qu'on nomme crime ou non ce qui fait nos débats,
Sire, j'en suis la tête, il n'en est que le bras.
Si Chimène se plaint qu'il a tué son père,
Il ne l'eût jamais fait, si je l'eusse pu faire.

Immolez donc ce chef que les ans vont ravir,
Et conservez pour vous le bras qui peut servir.
Aux dépens de mon sang satisfaites Chimène :
Je n'y résiste point, je consens à ma peine :
Et, loin de murmurer d'un rigoureux décret,
Mourant sans déshonneur je mourrai sans regret.

D. FERNAND.

L'affaire est d'importance, et, bien considérée,
Mérite en plein conseil d'être délibérée.
Don Sanche, remettez Chimène en sa maison.
Don Diègue aura ma cour et sa foi pour prison.
Qu'on me cherche son fils. Je vous ferai justice

CHIMENE.

Il est juste, grand roi, qu'un meurtrier périsse.

D. FERNAND.

Prends du repos, ma fille, et calme tes douleurs.

CHIMENE.

M'ordonner du repos, c'est croître mes malheurs.

FIN DU SECOND ACTE.

ACTE III.

SCÈNE PREMIÈRE.

D. RODRIGUE, ELVIRE.

ELVIRE.

Rodrigue, qu'as-tu fait? où viens-tu, misérable?

D. RODRIGUE.

Suivre le triste cours de mon sort déplorable.

ELVIRE.

Où prends-tu cette audace et ce nouvel orgueil
De paraître en des lieux que tu remplis de deuil?
Quoi ! viens-tu jusqu'ici braver l'ombre du comte?
Ne l'as-tu pas tué?

D. RODRIGUE.

      Sa vie était ma honte;
Mon honneur de ma main a voulu cet effort.

ELVIRE.

Mais chercher ton asile en la maison du mort !
Jamais un meurtrier en fit-il son refuge?

D. RODRIGUE.

Et je n'y viens aussi que m'offrir à mon juge.
Ne me regarde plus d'un visage étonné;
Je cherche le trépas après l'avoir donné.
Mon juge est mon amour, mon juge est ma Chimène :
Je mérite la mort de mériter sa haine;
Et j'en viens recevoir, comme un bien souverain,
Et l'arrêt de sa bouche, et le coup de sa main.

ELVIRE.

Fuis plutôt de ses yeux, fuis de sa violence;
A ses premiers transports dérobe ta présence.
Va, ne t'expose point aux premiers mouvements
Que poussera l'ardeur de ses ressentiments.

D. RODRIGUE.

Non, non, ce cher objet à qui j'ai pu déplaire
Ne peut pour mon supplice avoir trop de colère ;
Et j'évite cent morts qui me vont accabler,
Si pour mourir plus tôt je la puis redoubler.

ELVIRE.

Chimène est au palais, de pleurs toute baignée,
Et n'en reviendra point que bien accompagnée.
Rodrigue, fuis, de grace, ôte-moi de souci.
Que ne dira-t-on point si l'on te voit ici ?
Veux-tu qu'un médisant, pour comble à sa misère,
L'accuse d'y souffrir l'assassin de son père ?
Elle va revenir ; elle vient, je la voi :
Du moins, pour son honneur, Rodrigue, cache-toi.

SCÈNE II.

D. SANCHE, CHIMÈNE, ELVIRE.

D. SANCHE.

Oui, Madame, il vous faut de sanglantes victimes :
Votre colère est juste, et vos pleurs légitimes ;
Et je n'entreprends pas, à force de parler,
Ni de vous adoucir, ni de vous consoler.
Mais si de vous servir je puis être capable,
Employez mon épée à punir le coupable ;
Employez mon amour à venger cette mort.
Sous vos commandements mon bras sera trop fort.

CHIMÈNE.

Malheureuse !

D. SANCHE.

De grace, acceptez mon service.

CHIMÈNE.

J'offenserais le roi, qui m'a promis justice.

D. SANCHE.

Vous savez qu'elle marche avec tant de langueur,
Que bien souvent le crime échappe à sa longueur ;
Son cours lent et douteux fait trop perdre de larmes.
Souffrez qu'un cavalier vous venge par les armes :
La voie en est plus sûre, et plus prompte à punir.

CHIMENE.

C'est le dernier remède ; et s'il faut y venir,
Et que de mes malheurs cette pitié vous dure,
Vous serez libre alors de venger mon injure.

D. SANCHE.

C'est l'unique bonheur où mon ame prétend ;
Et, pouvant l'espérer, je m'en vais trop content.

SCÈNE III.

CHIMÈNE, ELVIRE.

CHIMENE.

Enfin je me vois libre, et je puis, sans contrainte,
De mes vives douleurs te faire voir l'atteinte ;
Je puis donner passage à mes tristes soupirs ;
Je puis t'ouvrir mon ame et tous mes déplaisirs.
Mon père est mort, Elvire ; et la première épée
Dont s'est armé Rodrigue a sa trame coupée.
Pleurez, pleurez, mes yeux, et fondez-vous en eau ;
La moitié de ma vie a mis l'autre au tombeau,
Et m'oblige à venger, après ce coup funeste,
Celle que je n'ai plus sur celle qui me reste.

ELVIRE.

Reposez-vous, madame.

CHIMENE.

                    Ah ! que mal à propos
Dans un malheur si grand tu parles de repos !
Par où sera jamais ma douleur apaisée,
Si je ne puis haïr la main qui l'a causée ?
Et que dois-je espérer qu'un tourment éternel,
Si je poursuis un crime, aimant le criminel ?

ELVIRE.

Il vous prive d'un père, et vous l'aimez encore !

CHIMENE.

C'est peut de dire aimer, Elvire, je l'adore ;
Ma passion s'oppose à mon ressentiment ;
Dedans mon ennemi je trouve mon amant ;

Et je sens qu'en dépit de toute ma colère,
Rodrigue dans mon cœur combat encor mon père :
Il l'attaque, il le presse, il cède, il se défend,
Tantôt fort, tantôt faible, et tantôt triomphant :
Mais, en ce dur combat de colère et de flamme,
Il déchire mon cœur sans partager mon ame ;
Et, quoi que mon amour ait sur moi de pouvoir,
Je ne consulte point pour suivre mon devoir ;
Je cours sans balancer où mon honneur m'oblige.
Rodrigue m'est bien cher, son intérêt m'afflige ;
Mon cœur prend son parti : mais, malgré son effort,
Je sais ce que je suis, et que mon père est mort.

ELVIRE.

Pensez-vous le poursuivre ?

CHIMENE.

                    Ah ! cruelle pensée !
Et cruelle poursuite où je me vois forcée !
Je demande sa tête, et crains de l'obtenir :
Ma mort suivra la sienne, et je le veux punir !

ELVIRE.

Quittez, quittez, madame, un dessein si tragique ;
Ne vous imposez point de loi si tyrannique.

CHIMENE.

Quoi ! mon père étant mort et presque entre mes bras,
Son sang criera vengeance, et je ne l'aurai pas !
Mon cœur, honteusement surpris par d'autres charmes,
Croira ne lui devoir que d'impuissantes larmes !
Et je pourrai souffrir qu'un amour suborneur
Sous un lâche silence étouffe mon honneur !

ELVIRE.

Madame, croyez-moi, vous serez excusable
D'avoir moins de chaleur contre un objet aimable,
Contre un amant si cher : vous avez assez fait ;
Vous avez vu le roi, n'en pressez point l'effet ;
Ne vous obstinez point en cette humeur étrange.

CHIMENE.

Il y va de ma gloire, il faut que je me venge ;

Et de quoi que nous flatte un désir amoureux,
Toute excuse est honteuse aux esprits généreux.

ELVIRE.

Mais vous aimez Rodrigue, il ne vous peut déplaire.

CHIMENE.

Je l'avoue.

ELVIRE.

Après tout, que pensez-vous donc faire?

CHIMENE.

Pour conserver ma gloire et finir mon ennui,
Le poursuivre, le perdre, et mourir après lui.

SCÈNE IV.

D. RODRIGUE, CHIMENE, ELVIRE.

D. RODRIGUE.

Eh bien, sans vous donner la peine de poursuivre,
Assurez-vous l'honneur de m'empêcher de vivre.

CHIMENE.

Elvire, où sommes-nous? et qu'est-ce que je voi?
Rodrigue en ma maison! Rodrigue devant moi!

D. RODRIGUE.

N'épargnez point mon sang; goûtez, sans résistance,
La douceur de ma perte et de votre vengeance.

CHIMENE.

Hélas!

D. RODRIGUE.

Écoute-moi.

CHIMENE.

Je me meurs.

D. RODRIGUE.

Un moment.

CHIMENE.

Va, laisse-moi mourir.

D. RODRIGUE.

Quatre mots seulement;

Après, ne me réponds qu'avecque cette épée.

CHIMENE.

Quoi! du sang de mon père encor toute trempée!

D. RODRIGUE.

Ma Chimène....

CHIMENE.

Ote-moi cet objet odieux,
Qui reproche ton crime et ta vie a mes yeux.

D. RODRIGUE.

Regarde-le plutôt pour exciter ta haine,
Pour croître ta colère et pour hâter ma peine.

CHIMENE.

Il est teint de mon sang.

D. RODRIGUE.

Plonge-le dans le mien;
Et fais-lui perdre ainsi la teinture du tien.

CHIMENE.

Ah! quelle cruauté, qui tout en un jour tue
Le père par le fer, la fille par la vue!
Ote-moi cet objet, je ne le puis souffrir:
Tu veux que je t'écoute, et tu me fais mourir!

D. RODRIGUE.

Je fais ce que tu veux, mais sans quitter l'envie
De finir par tes mains ma déplorable vie;
Car enfin n'attends pas de mon affection
Un lâche repentir d'une bonne action.
L'irréparable effet d'une chaleur trop prompte
Déshonorait mon père, et me couvrait de honte.
Tu sais comme un soufflet touche un homme de cœur.
J'avais part à l'affront, j'en ai cherché l'auteur;
Je l'ai vu, j'ai vengé mon honneur et mon père:
Je le ferais encor, si j'avais à le faire :
Ce n'est pas qu'en effet, contre mon père et moi,
Ma flamme assez long-temps n'ait combattu pour toi:
Juge de son pouvoir; dans une telle offense
J'ai pu délibérer si j'en prendrais vengeance.

Réduit à te déplaire, ou souffrir un affront,
J'ai pensé qu'à son tour mon bras était trop prompt,
Je me suis accusé de trop de violence;
Et ta beauté, sans doute, emportait la balance,
A moins que d'opposer à tes plus forts appas
Qu'un homme sans honneur ne te méritait pas;
Que malgré cette part que j'avais en ton ame,
Qui m'aima généreux me haïrait infàme;
Qu'écouter ton amour, obéir à sa voix,
C'était m'en rendre indigne et diffamer ton choix.
Je te le dis encore, et, quoique j'en soupire,
Jusqu'au dernier soupir je veux bien le redire,
Je t'ai fait une offense, et j'ai dû m'y porter
Pour effacer ma honte, et pour te mériter :
Mais, quitte envers l'honneur, et quitte envers mon père
C'est maintenant à toi que je viens satisfaire :
C'est pour t'offrir mon sang qu'en ce lieu tu me vois.
J'ai fait ce que j'ai dû, je fais ce que je dois.
Je sais qu'un père mort t'arme contre mon crime;
Je ne t'ai pas voulu dérober ta victime :
Immole avec courage au sang qu'il a perdu
Celui qui met sa gloire à l'avoir répandu.

CHIMENE.

Ah ! Rodrigue, il est vrai, quoique ton ennemie,
Je ne te puis blâmer d'avoir fui l'infamie;
Et, de quelque façon qu'éclatent mes douleurs,
Je ne t'accuse point, je pleure mes malheurs.
Je sais ce que l'honneur, après un tel outrage,
Demandait à l'ardeur d'un généreux courage :
Tu n'as fait le devoir que d'un homme de bien;
Mais aussi, le faisant, tu m'as appris le mien.
Ta funeste valeur m'instruit par ta victoire;
Elle a vengé ton père et soutenu ta gloire :
Même soin me regarde, et j'ai, pour m'affliger,
Ma gloire à soutenir, et mon père à venger.
Hélas ! ton intérêt ici me désespère.
Si quelque autre malheur m'avait ravi mon père,
Mon ame aurait trouvé dans le bien de te voir
L'unique allègement qu'elle eût pu recevoir;

Et contre ma douleur j'aurais senti des charmes,
Quand une main si chère eût essuyé mes larmes.
Mais il me faut te perdre après l'avoir perdu ;
Cet effort sur ma flamme à mon honneur est dû ;
Et cet affreux devoir, dont l'ordre m'assassine,
Me force à travailler moi-même à ta ruine.
Car, enfin, n'attends pas de mon affection
De lâches sentiments pour ta punition.
De quoi qu'en ta faveur notre amour m'entretienne,
Ma générosité doit répondre à la tienne :
Tu t'es, en m'offensant, montré digne de moi ;
Je me dois, par ta mort, montrer digne de toi.

D. RODRIGUE.

Ne diffère donc plus ce que l'honneur t'ordonne ;
Il demande ma tête, et je te l'abandonne ;
Fais-en un sacrifice à ce noble intérêt ;
Le coup m'en sera doux aussi bien que l'arrêt.
Attendre après mon crime une lente justice,
C'est reculer ta gloire autant que mon supplice.
Je mourrai trop heureux mourant d'un coup si beau.

CHIMÈNE.

Va, je suis ta partie, et non pas ton bourreau.
Si tu m'offres ta tête, est-ce à moi de la prendre ?
Je la dois attaquer, mais tu dois la défendre ;
C'est d'un autre que toi qu'il me faut l'obtenir ;
Et je dois te poursuivre, et non pas te punir.

D. RODRIGUE.

De quoi qu'en ma faveur notre amour t'entretienne,
Ta générosité doit répondre à la mienne,
Et pour venger un père, emprunter d'autres bras,
Ma Chimène, crois-moi, c'est n'y répondre pas :
Ma main seule du mien a su venger l'offense,
Ta main seule du tien doit prendre la vengeance.

CHIMÈNE.

Cruel ! à quel propos sur ce point t'obstiner ?
Tu t'es vengé sans aide, et tu m'en veux donner !
Je suivrai ton exemple, et j'ai trop de courage
Pour souffrir qu'avec toi ma gloire se partage.

Mon père et mon honneur ne veulent rien devoir
Aux traits de ton amour ni de ton désespoir.

D. RODRIGUE.

Rigoureux point d'honneur! hélas! quoi que je fasse,
Ne pourrai-je à la fin obtenir cette grace!
Au nom d'un père mort, ou de notre amitié,
Punis-moi par vengeance, ou du moins par pitié.
Ton malheureux amant aura bien moins de peine
A mourir par ta main qu'à vivre avec ta haine.

CHIMENE.

Va, je ne te hais point.

D. RODRIGUE.

Tu le dois.

CHIMENE.

Je ne puis.

D. RODRIGUE.

Crains-tu si peu le blâme, et si peu les faux bruits?
Quand on saura mon crime, et que ta flamme dure,
Que ne publieront point l'envie et l'imposture!
Force-les au silence, et, sans plus discourir,
Sauve ta renommée en me faisant mourir.

CHIMENE.

Elle éclate bien mieux en te laissant la vie;
Et je veux que la voix de la plus noire envie
Elève au ciel ma gloire et plaigne mes ennuis,
Sachant que je t'adore et que je te poursuis.
Va-t'en, ne montre plus à ma douleur extrême
Ce qu'il faut que je perde encore que je l'aime.
Dans l'ombre de la nuit cache bien ton départ;
Si l'on te voit sortir, mon honneur court hasard.
La seule occasion qu'aura la médisance,
C'est de savoir qu'ici j'ai souffert ta présence :
Ne lui donne point lieu d'attaquer ma vertu

D. RODRIGUE.

Que je meure.

CHIMENE.

Va-t'en.

D. RODRIGUE.

A quoi te résous-tu ?

CHIMENE.

Malgré des feux si beaux qui troublent ma colère,
Je ferai mon possible à bien venger mon père ;
Mais, malgré la rigueur d'un si cruel devoir,
Mon unique souhait est de ne rien pouvoir.

D. RODRIGUE.

O miracle d'amour !

CHIMENE.

O comble de misères !

D. RODRIGUE.

Que de maux et de pleurs nous coûteront nos pères !

CHIMENE.

Rodrigue, qui l'eût cru....

D. RODRIGUE.

Chimène, qui l'eût dit...

CHIMENE.

Que notre heur fût si proche, et sitôt se perdît ?

D. RODRIGUE.

Et que si près du port, contre toute apparence,
Un orage si prompt brisât notre esperance ?

CHIMENE.

Ah ! mortelles douleurs !

D. RODRIGUE.

Ah ! regrets superflus !

CHIMENE.

Va-t'en, encore un coup, je ne t'écoute plus.

D. RODRIGUE.

Adieu ; je vais traîner une mourante vie,
Tant que par ta poursuite elle me soit ravie.

CHIMENE.

Si j'en obtiens l'effet, je t'engage ma foi
De ne respirer pas un moment après toi.
Adieu ; sors, et surtout garde bien qu'on te voie.

ÉLVIRE.

Madame, quelques maux que le ciel nous envoie...

CHIMÈNE.

Ne m'importune plus, laisse-moi soupirer.
Je cherche le silence et la nuit pour pleurer.

SCÈNE V.

D. DIÈGUE.

Jamais nous ne goûtons de parfaite allégresse :
Nos plus heureux succès sont mêlés de tristesse ;
Toujours quelques soucis en ces évènements
Troublent la pureté de nos contentements.
Au milieu du bonheur mon ame en sent l'atteinte ;
Je nage dans la joie, et je tremble de crainte.
J'ai vu mort l'ennemi qui m'avait outragé ;
Et je ne saurais voir la main qui m'a vengé.
En vain je m'y travaille, et d'un soin inutile,
Tout cassé que je suis, je cours toute la ville :
Ce peu que mes vieux ans m'ont laissé de vigueur
Se consume sans fruit à chercher ce vainqueur.
A toute heure, en tous lieux, dans une nuit si sombre,
Je pense l'embrasser, et n'embrasse qu'une ombre ;
Et mon amour, déçu par cet objet trompeur,
Se forme des soupçons qui redoublent ma peur.
Je ne découvre point de marques de sa fuite ;
Je crains du comte mort les amis et la suite ;
Leur nombre m'épouvante et confond ma raison.
Rodrigue ne vit plus, ou respire en prison.
Justes cieux ! me trompé-je encore à l'apparence !
Ou si je vois encor mon unique espérance ?
C'est lui, n'en doutons plus ; mes vœux sont exaucés ;
Ma crainte est dissipée, et mes ennuis cessés.

SCÈNE VI.

D. DIÈGUE, D. RODRIGUE.

D. DIÈGUE.

Rodrigue, enfin le ciel permet que je te voie !

D. RODRIGUE.

Hélas !

D. DIEGUE.

Ne mêle point de soupirs à ma joie ;
Laisse-moi prendre haleine afin de te louer.
Ma valeur n'a point lieu de te désavouer ;
Tu l'as bien imitée, et ton illustre audace
Fait bien revivre en toi les héros de ma race ;
C'est d'eux que tu descends, c'est de moi que tu viens ;
Ton premier coup d'épée égale tous les miens ;
Et d'une belle ardeur ta jeunesse animée
Par cette grande épreuve atteint ma renommée.
Appui de ma vieillesse, et comble de mon heur,
Touche ces cheveux blancs à qui tu rends l'honneur ;
Viens baiser cette joue, et reconnais la place
Où fut empreint l'affront que ton courage efface.

D. RODRIGUE.

L'honneur vous en est dû, je ne pouvais pas moins,
Etant sorti de vous et nourri par vos soins.
Je m'en tiens trop heureux, et mon ame est ravie
Que mon coup d'essai plaise à qui je dois la vie :
Mais parmi vos plaisirs ne soyez point jaloux
Si je m'ose, à mon tour, satisfaire après vous ;
Souffrez qu'en liberté mon désespoir éclate ;
Assez et trop longtemps votre discours le flatte.
Je ne me repens point de vous avoir servi ;
Mais rendez-moi le bien que ce coup m'a ravi.
Mon bras, pour vous venger, armé contre ma flamme,
Par ce coup glorieux m'a privé de mon ame ;
Ne me dites plus rien : pour vous j'ai tout perdu ;
Ce que je vous devais, je vous l'ai bien rendu.

D. DIEGUE.

Porte, porte plus haut le fruit de ta victoire.
Je t'ai donné la vie, et tu me rends ma gloire ;
Et d'autant que l'honneur m'est plus cher que le jour,
D'autant plus maintenant je te dois de retour.
Mais d'un cœur magnanime éloigne ces faiblesses ;
Nous n'avons qu'un honneur, il est tant de maîtresses !
L'amour n'est qu'un plaisir, l'honneur est un devoir.

D. RODRIGUE.

Ah ! que me dites-vous ?

D. DIEGUE.

Ce que tu dois savoir.

D. RODRIGUE.

Mon honneur offensé sur moi-même se venge ;
Et vous m'osez pousser à la honte du change !
L'infamie est pareille, et suit également
Le guerrier sans courage et le perfide amant.
A ma fidélité ne faites point d'injure ;
Souffrez-moi généreux sans me rendre parjure ;
Mes liens sont trop forts pour être ainsi rompus ;
Ma foi m'engage encor si je n'espère plus ;
Et, ne pouvant quitter ni posséder Chimène,
Le trépas que je cherche est ma plus douce peine.

D. DIEGUE.

Il n'est pas temps encor de chercher le trépas ;
Ton prince et ton pays ont besoin de ton bras.
La flotte qu'on craignait, dans ce grand fleuve entrée,
Croit surprendre la ville et piller la contrée.
Les Maures vont descendre, et le flux et la nuit
Dans une heure à nos murs les amène sans bruit.
La cour est en désordre, et le peuple en alarmes :
On n'entend que des cris, on ne voit que des larmes.
Dans ce malheur public mon bonheur a permis
Que j'aie trouvé chez moi cinq cents de mes amis,
Qui, sachant mon affront, poussés d'une même zèle,
Se venaient tous offrir à vider ma querelle.
Tu les as prévenus ; mais leurs vaillantes mains
Se tremperont bien mieux au sang des Africains.
Va marcher à leur tête où l'honneur te demande ;
C'est toi que veut pour chef leur généreuse bande.
De ces vieux ennemis va soutenir l'abord ;
Là, si tu veux mourir, trouve une belle mort ;
Prends-en l'occasion, puisqu'elle t'est offerte ;
Fais devoir à ton roi son salut à ta perte.
Mais reviens-en plutôt les palmes sur le front.
Ne borne pas ta gloire à venger un affront,

Porte-la plus avant ; force par ta vaillance
Ce monarque au pardon, et Chimène au silence ;
Si tu l'aimes, apprends que revenir vainqueur
C'est l'unique moyen de regagner son cœur.
Mais le temps est trop cher pour le perdre en paroles ;
Je t'arrête en discours, et je veux que tu voles.
Viens, suis-moi, va combattre, et montrer à ton roi
Que ce qu'il perd au comte il le recouvre en toi.

FIN DU TROISIÈME ACTE.

ACTE IV.

SCÈNE PREMIÈRE.

CHIMÈNE, ELVIRE.

CHIMENE.

N'est-ce point un faux bruit? le sais-tu bien, Elvire?

ELVIRE.

Vous ne croiriez jamais comme chacun l'admire,
Et porte jusqu'au ciel, d'une commune voix,
De ce jeune héros les glorieux exploits.
Les Maures devant lui n'ont paru qu'à leur honte;
Leur abord fut bien prompt, leur fuite encor plus promp
Trois heures de combat laissent à nos guerriers   [te.
Une victoire entière et deux rois prisonniers.
La valeur de leur chef ne trouvait point d'obstacles.

CHIMENE.

Et la main de Rodrigue a fait tous ces miracles !

ELVIRE.

De ses nobles efforts ces deux rois sont le prix;
Sa main les a vaincus, et sa main les a pris.

CHIMENE.

De qui peux-tu savoir ces nouvelles étranges?

ELVIRE.

Du peuple, qui partout fait sonner les louanges,
Le nomme de sa joie et l'objet et l'auteur,
Son ange tutélaire et son libérateur.

CHIMENE.

Et le roi de quel œil voit-il tant de vaillance?

ELVIRE.

Rodrigue n'ose encor paraître en sa présence;
Mais don Diègue ravi lui présente enchaînés,
Au nom de ce vainqueur ces captifs couronnés,

Et demande pour grace à ce généreux prince
Qu'il daigne voir la main qui sauve la province.

CHIMENE.

Mais n'est-il point blessé?

ELVIRE.

    Je n'en ai rien appris.
Vous changez de couleur! reprenez vos esprits.

CHIMENE.

Reprenons donc aussi ma colère affaiblie :
Pour avoir soin de lui faut-il que je m'oublie?
On le vante, on le loue, et mon cœur y consent!
Mon honneur est muet, mon devoir impuissant!
Silence, mon amour, laisse agir ma colère;
S'il a vaincu deux rois, il a tué mon père;
Ces tristes vêtements où je lis mon malheur,
Sont les premiers effets qu'ait produits sa valeur;
Et quoi qu'on dise ailleurs d'un cœur si magnanime,
Ici tous les objets me parlent de son crime.
Vous qui rendez la force à mes ressentiments,
Voile, crêpes, habits, lugubres ornements,
Pompe où m'ensevelit sa première victoire,
Contre ma passion soutenez bien ma gloire;
Et lorsque mon amour prendra trop de pouvoir,
Parlez à mon esprit de mon triste devoir,
Attaquez sans rien craindre une main triomphante.

ELVIRE.

Modérez ces transports, voici venir l'infante.

SCÈNE II.

L'INFANTE, CHIMÈNE, LÉONOR, ELVIRE.

L'INFANTE.

Je ne viens pas ici consoler tes douleurs;
Je viens plutôt mêler mes soupirs à tes pleurs.

CHIMENE.

Prenez bien plutôt part à la commune joie,
Et goûtez le bonheur que le ciel vous envoie,

Madame : autre que moi n'a droit de soupirer.
Le péril dont Rodrigue a su nous retirer,
Et le salut public que vous rendent ses armes,
A moi seule aujourd'hui souffrent encor les larmes ;
Il a sauvé la ville, il a servi son roi ;
Et son bras valeureux n'est funeste qu'à moi.

L'INFANTE.

Ma Chimène, il est vrai qu'il a fait des merveilles.

CHIMENE.

Déjà ce bruit fâcheux a frappé mes oreilles ;
Et je l'entends partout publier hautement
Aussi brave guerrier que malheureux amant.

L'INFANTE.

Qu'a de fâcheux pour toi ce discours populaire ?
Ce jeune Mars qu'il loue a su jadis te plaire ;
Il possédait ton ame, il vivait sous tes lois :
Et vanter sa valeur, c'est honorer ton choix.

CHIMENE.

Chacun peut la vanter avec quelque justice,
Mais pour moi sa louange est un nouveau supplice.
On aigrit ma douleur en l'élevant si haut :
Je vois ce que je perds quand je vois ce qu'il vaut.
Ah ! cruels déplaisirs à l'esprit d'une amante !
Plus j'apprends son mérite, et plus mon feu s'augmente :
Cependant mon devoir est toujours le plus fort,
Et, malgré mon amour, va poursuivre sa mort.

L'INFANTE.

Hier ce devoir te mit en une haute estime ;
L'effort que tu te fis parut si magnanime,
Si digne d'un grand cœur, que chacun à la cour
Admirait ton courage et plaignait ton amour.
Mais croirais-tu l'avis d'une amitié fidèle ?

CHIMENE.

Ne vous obéir pas me rendrait criminelle.

L'INFANTE.

Ce qui fut juste alors ne l'est plus aujourd'hui.
Rodrigue maintenant est notre unique appui,

L'espérance et l'amour d'un peuple qui l'adore,
Le soutien de Castille et la terreur du Maure.
Le roi même est d'accord de cette vérité,
Que ton père en lui seul se voit ressuscité;
Et si tu veux enfin qu'en deux mots je m'explique,
Tu poursuis en sa mort la ruine publique.
Quoi! pour venger un père est-il jamais permis
De livrer sa patrie aux mains des ennemis?
Contre nous ta poursuite est-elle légitime?
Et pour être punis avons-nous part au crime?
Ce n'est pas qu'après tout tu doives épouser
Celui qu'un père mort t'obligeait d'accuser;
Je te voudrais moi-même en arracher l'envie :
Ote-lui ton amour, mais laisse-nous sa vie.

CHIMÈNE.

Ah! ce n'est pas à moi d'avoir tant de bonté;
Le devoir qui m'aigrit n'a rien de limité.
Quoique pour ce vainqueur mon amour s'intéresse,
Quoiqu'un peuple l'adore, et qu'un roi le caresse,
Qu'il soit environné des plus vaillants guerriers,
J'irai sous mes cyprès accabler ses lauriers.

L'INFANTE.

C'est générosité quand, pour venger un père,
Notre devoir attaque une tête si chère;
Mais c'en est une encor d'un plus illustre rang,
Quand on donne au public les intérêts du sang.
Non, crois-moi, c'est assez que d'éteindre ta flamme :
Il sera trop puni s'il n'est plus dans ton ame.
Que le bien du pays t'impose cette loi;
Aussi bien que crois-tu que t'accorde le roi?

CHIMENE.

Il peut me refuser, mais je ne puis me taire.

L'INFANTE.

Pense bien, ma Chimène, à ce que tu veux faire.
Adieu : tu pourras seule y penser à loisir.

CHIMENE.

Après mon père mort, je n'ai point à choisir.

SCÈNE III.

D. FERNAND, D. DIÈGUE, D. ARIAS, D. RODRIGUE, D. SANCHE.

D. FERNAND.

Généreux héritier d'une illustre famille
Qui fut toujours la gloire et l'appui de Castille,
Race de tant d'aïeux en valeur signalés,
Que l'essai de la tienne a sitôt égalés,
Pour te récompenser ma force est trop petite ;
Et j'ai moins de pouvoir que tu n'as de mérite.
Le pays délivré d'un si rude ennemi,
Mon sceptre dans ma main par la tienne affermi,
Et les Maures défaits avant qu'en ces alarmes
J'eusse pu donner ordre à repousser leurs armes
Ne sont point des exploits qui laissent à ton roi
Le moyen ni l'espoir de s'acquitter vers toi.
Mais deux rois tes captifs feront ta récompence.
Ils t'ont nommé tous deux leur Cid en ma présence.
Puisque Cid en leur langage est autant que seigneur,
Je ne t'envierai pas ce beau titre d'honneur.
Sois désormais le Cid ; qu'à ce grand nom tout cède ;
Qu'il comble d'épouvante et Grenade et Tolède ;
Et qu'il marque à tous ceux qui vivent sous mes lois
Et ce que tu me vaux, et ce que je te dois.

D. RODRIGUE.

Que votre majesté, sire, épargne ma honte.
D'un si faible service elle fait trop de compte,
Et me force à rougir devant un si grand roi
De mériter si peu l'honneur que j'en reçoi.
Je sais trop que je dois au bien de votre empire
Et le sang qui m'anime, et l'air que je respire ;
Et, quand je les perdrais pour un si digne objet,
Je feraisseulement le devoir d'un sujet.

D. FERNAND.

Tous ceux que ce devoir à mon service engage
Ne s'en acquittent point avec même courage ;

Et lorsque la valeur ne va point dans l'excès,
Elle ne produit point de si rares succès.
Souffre donc qu'on te loue, et de cette victoire
Apprends-moi plus au long la véritable histoire.

D. RODRIGUE.

Sire, vous avez su qu'en ce danger pressant,
Qui jeta dans la ville un effroi si puissant,
Une troupe d'amis chez mon père assemblée
Sollicita mon ame encor toute troublée....
Mais, sire, pardonnez à ma témérité,
Si j'osai l'employer sans votre autorité;
Le péril approchait; leur brigade était prête;
Me montrant à la cour je hasardais ma tête;
Et, s'il fallait la perdre, il m'était bien plus doux
De sortir de la vie en combattant pour vous.

D. FERNAND.

J'excuse ta chaleur à venger ton offense;
Et l'état défendu me parle en ta défense :
Crois que dorénavant Chimène a beau parler,
Je ne l'écoute plus que pour la consoler.
Mais poursuis.

D. RODRIGUE.

　　　　　Sous moi donc cette troupe s'avance,
Et porte sur le front une mâle assurance.
Nous partîmes cinq cents; mais, par un prompt renfort,
Nous nous vîmes trois mille en arrivant au port,
Tant, à nous voir marcher avec un tel visage,
Les plus épouvantés reprenaient de courage!
J'en cache les deux tiers aussitôt qu'arrivés
Dans le fond des vaisseaux qui lors furent trouvés :
Le reste, dont le nombre augmentait à toute heure,
Brûlant d'impatience autour de moi demeure,
Se couche contre terre, et, sans faire aucun bruit,
Passe une bonne part d'une si belle nuit.
Par mon commandement la garde en fait de même,
Et, se tenant cachée, aide à mon stratagème :
Et je feins hardiment d'avoir reçu de vous
L'ordre qu'on me voit suivre et que je donne à tous.

Cette obscure clarté qui tombe des étoiles
Enfin avec le flux nous fit voir trente voiles ;
L'onde s'enfle dessous, et d'un commun effort
Les Maures et la mer montent jusques au port.
On les laisse passer ; tout leur paraît tranquille ;
Point de soldats au port, point aux murs de la ville.
Notre profond silence abusant leurs esprits,
Ils n'osent plus douter de nous avoir surpris ;
Iis abordent sans peur, ils ancrent, ils descendent,
Et courent se livrer aux mains qui les attendent.
Nous nous levons alors, et tous en même temps
Poussons jusques au ciel mille cris éclatants ;
Les nôtres, à ces cris, de nos vaisseaux répondent ;
Ils paraissent armés : les Maures se confondent,
L'épouvante les prend à demi descendus ;
Avant que de combattre ils s'estiment perdus.
Ils couraient au pillage, ils rencontrent la guerre ;
Nous les pressons sur l'eau, nous les pressons sur terre,
Et nous faisons courir des ruisseaux de leur sang,
Avant qu'aucun résiste ou reprenne son rang.
Mais bientôt, malgré nous, leurs princes les rallient,
Leur courage renaît, et leurs terreurs s'oublient :
La honte de mourir sans avoir combattu
Arrête leur désordre, et leur rend leur vertu.
Contre nous de pied ferme ils tirent leurs alfanges * ;
De notre sang au leur font d'horribles mélanges ;
Et la terre, et le fleuve, et leur flotte, et le port,
Sont des champs de carnage où triomphe la mort.
O combien d'actions, combien d'exploits célèbres,
Sont demeurés sans gloire au milieu des ténèbres,
Où chacun, seul témoin des grands coups qu'il donnait,
Ne pouvait discerner où le sort inclinait !
J'allais de tous côtés encourager les nôtres,
Faire avancer les uns, et soutenir les autres,
Ranger ceux qui venaient, les pousser à leur tour ;
Et ne l'ai pu savoir jusques au point du jour.
Mais enfin sa clarté montre notre avantage :
Le Maure voit sa perte, et perd soudain courage ;

* Alfange est un mot espagnol qui signifie sabre, cimeterre, coutelas.

Et, voyant un renfort qui nous vient secourir,
L'ardeur de vaincre cède à la peur de mourir.
Ils gagnent leurs vaisseaux, ils en coupent les cables,
Poussent jusques aux cieux des cris épouvantables,
Font retraite en tumulte, et sans considérer
Si leurs rois avec eux peuvent se retirer.
Pour souffrir ce devoir, leur frayeur est trop forte;
Le flux les apporta, le reflux les remporte;
Cependant que leurs rois, engagés parmi nous,
Et quelque peu des leurs, tous percés de nos coups,
Disputent vaillamment et vendent bien leur vie.
A se rendre moi-même en vain je les convie;
Le cimeterre au poing ils ne m'écoutent pas :
Mais voyant à leurs pieds tomber tous leurs soldats,
Et que seuls désormais envain ils se défendent,
Ils demandent le chef; je me nomme, ils se rendent.
Je vous les envoyai tous deux en même temps;
Et le combat cessa faute de combattants.
C'est de cette façon que, pour votre service...

SCÈNE IV.

D. FERNAND, D. DIÈGUE, D. RODRIGUE, D. ARIAS, D. ALONSE, D. SANCHE.

D. ALONSE.

Sire, Chimène vient vous demander justice.

D. FERNAND.

La facheuse nouvelle! et l'importun devoir!
Va, je ne la veux pas obliger à te voir.
Pour tous remerciements il faut que je te chasse :
Mais avant que sortir, viens, que ton roi t'embrasse.

(*D. Rodrigue rentre.*)

D. DIEGUE.

Chimène le poursuit, et voudrait le sauver.

D. FERNAND.

On m'a dit qu'elle l'aime, et je vais l'éprouver.
Montrez un œil plus triste.

SCÈNE V.

D. FERNAND, D. DIÈGUE, D. ARIAS, D. SANCHE,
D. ALONSE, CHIMÈNE, ELVIRE.

D. FERNAND.

                    Enfin soyez contente,
Chimène, le succès répond à votre attente.
Si de nos ennemis Rodrigue a le dessus,
Il est mort à nos yeux des coups qu'il a reçus ;
Rendez graces au ciel qui vous en a vengée.
     (*à D. Diègue.*)
Voyez comme déjà sa couleur est changée.

D. DIÈGUE.

Mais voyez qu'elle pâme, et d'un amour parfait,
Dans cette pâmoison, sire, admirez l'effet.
Sa douleur a trahi les secrets de son ame,
Et ne vous permet plus de douter de sa flamme.

CHIMENE.

Quoi ! Rodrigue est donc mort ?

D. FERNAND.

                  Non, non, il voit le jour,
Et te conserve encor un immuable amour :
Calme cette douleur qui pour lui s'intéresse.

CHIMENE.

Sire, on pâme de joie, ainsi que de tristesse :
Un excès de plaisir nous rend tout languissants :
Et, quand il surprend l'ame, il accable les sens.

D. FERNAND.

Tu veux qu'en ta faveur nous croyions l'impossible ?
Chimène, ta douleur a paru trop visible.

CHIMENE.

Eh bien, sire, ajoutez ce comble à mon malheur,
Nommez ma pâmoison l'effet de ma douleur :
Un juste déplaisir à ce point m'a réduite ;
Son trépas dérobait sa tête à ma poursuite ;

S'il meurt des coups reçus pour le bien du pays,
Ma vengeance est perdue et mes desseins trahis :
Une si belle fin m'est trop injurieuse.
Je demande sa mort, mais non pas glorieuse,
Non pas dans un éclat qui l'élève si haut,
Non pas au lit d'honneur, mais sur un échafaud ;
Qu'il meure pour mon père, et non pour la patrie ;
Que son nom soit taché, sa mémoire flétrie.
Mourir pour le pays n'est pas un triste sort,
C'est s'immortaliser par une belle mort.
J'aime donc sa victoire, et je le puis sans crime ;
Elle assure l'état, et me rend ma victime,
Mais noble, mais fameuse entre tous les guerriers,
Le chef, au lieu de fleurs, couronné de lauriers,
Et, pour dire en un mot ce que j'en considère,
Digne d'être immolée aux mânes de mon père...
Hélas ! à quel espoir me laissé-je emporter !
Rodrigue de ma part n'a rien à redouter ;
Que pourraient contre lui des larmes qu'on méprise ?
Pour lui tout votre empire est un lieu de franchise ;
Là, sous votre pouvoir, tout lui devient permis ;
Il triomphe de moi comme des ennemis.
Dans leur sang répandu la justice étouffée
Au crime du vainqueur sert d'un nouveau trophée :
Nous en croissons la pompe, et le mépris des lois
Nous fait suivre son char au milieu des deux rois.

D. FERNAND.

Ma fille, ces transports ont trop de violence.
Quand on rend la justice ou met tout en balance.
On a tué ton père, il était l'agresseur ;
Et la même équité m'ordonne la douceur.
Avant que d'accuser ce que j'en fais paraître,
Consulte bien ton cœur ; Rodrigue en est le maître ;
Et ta flamme en secret rend graces à ton roi,
Dont la faveur conserve un tel amant pour toi.

CHIMÈNE.

Pour moi ! mon ennemi ! l'objet de ma colère !
L'auteur de mes malheurs ! l'assassin de mon père !
De ma juste poursuite on fait si peu de cas
Qu'on me croit obliger en ne m'écoutant pas.

Puisque vous refusez la justice à mes larmes,
Sire, permettez-moi de recourir aux armes ;
C'est par-là seulement qu'il a su m'outrager,
Et c'est aussi par-là que je me dois venger.
A tous vos cavaliers je demande sa tète ;
Oui, qu'un d'eux me l'apporte, et je suis sa conquête
Qu'ils le combattent, sire ; et, le combat fini,
J'épouse le vainqueur, si Rodrigue est puni :
Sous votre autorité souffrez qu'on le publie.

D. FERNAND.

Cette vieille coutume en ces lieux établie,
Sous couleur de punir un injuste attentat,
Des meilleurs combattants affaiblit un état ;
Souvent de cet abus le succès déplorable
Opprime l'innocent, et soutient le coupable.
J'en dispense Rodrigue, il m'est trop précieux
Pour l'exposer aux coups d'un sort capricieux ;
Et, quoi qu'ait pu commettre un cœur si magnanime,
Les Maures en fuyant ont emporté son crime.

D. DIÈGUE.

Quoi ! sire, pour lui seul vous renversez des lois
Qu'a vu toute la cour observer tant de fois !
Que croira votre peuple, et que dira l'envie
Si sous votre défense il ménage sa vie,
Et s'en fait un prétexte à ne paraître pas
Où tous les gens d'honneur cherchent un beau trépas ?
De pareilles faveurs terniraient trop sa gloire ;
Qu'il goûte sans rougir les fruits de sa victoire.
Le comte eut de l'audace, il l'en a su punir :
Il l'a fait en brave homme et le doit maintenir.

D. FERNAND.

Puisque vous le voulez, j'accorde qu'il le fasse :
Mais d'un guerrier vaincu mille prendraient la place ;
Et le prix que Chimène au vainqueur a promis
De tous mes cavaliers ferait ses ennemis :
L'opposer seul à tous serait trop d'injustice ;
Il suffit qu'une fois il entre dans la lice.
Choisis qui tu voudras, Chimène, et choisis bien ;
Mais après ce combat ne demande plus rien.

D. DIEGUE.

N'excusez point par-là ceux que son bras étonne ;
Laissez un champ ouvert où n'entrera personne.
Après ce que Rodrigue a fait voir aujourd'hui,
Quel courage assez vain s'oserait prendre à lui ?
Qui se hasarderait contre un tel adversaire ?
Qui serait ce vaillant, ou bien ce téméraire ?

D. SANCHE.

Faites ouvrir le champ : vous voyez l'assaillant ;
Je suis ce téméraire, ou plutôt ce vaillant.
Accordez cette grace à l'ardeur qui me presse.
Madame, vous savez quelle est votre promesse.

D. FERNAND.

Chimène, remets-tu ta querelle en sa main ?

CHIMENE.

Sire, je l'ai promis.

D. FERNAND.

Soyez prêt à demain.

D. DIEGUE.

Non, sire, il ne faut pas différer davantage ;
On est toujours tout prêt quand on a du courage.

D. FERNAND.

Sortir d'une bataille, et combattre à l'instant !

D. DIEGUE.

Rodrigue a pris haleine en vous la racontant.

D. FERNAND.

Du moins une heure ou deux je veux qu'il se délasse.
Mais de peur qu'en exemple un tel combat ne passe,
Pour témoigner à tous qu'à regret je permets
Un sanglant procédé qui ne me plut jamais,
De moi ni de ma cour il n'aura la présence.

(à *D. Arias.*)

Vous seul des combattants jugerez la vaillance.
Ayez soin que tous deux fassent en gens de cœur,
Et, le combat fini, m'amenez le vainqueur.

Qui qu'il soit, même prix est acquis à sa peine ;
Je le veux de ma main présenter à Chimène,
Et que, pour récompense, il reçoive sa foi.

CHIMENE.

Quoi ! sire, m'imposer une si dure loi !

D. FERNAND.

Tu t'en plains ; mais ton feu, loin d'avouer ta plainte,
Si Rodrigue est vainqueur, l'accepte sans contrainte.
Cesse de murmurer contre un arrêt si doux ;
Qui que ce soit des deux, j'en ferai ton époux.

FIN DU QUATRIÈME ACTE.

ACTE V.

SCÈNE PREMIÈRE.

D. RODRIGUE, CHIMÈNE.

CHIMENE.

Quoi! Rodrigue en plein jour! d'où te vient cette audace?
Va, tu me perds d'honneur; retire-toi, de grace.

D. RODRIGUE.

Je vais mourir, madame, et vous viens en ce lieu,
Avant le coup mortel, dire un dernier adieu ;
Cet immuable amour qui sous vos lois m'engage,
N'ose accepter ma mort sans vous en faire hommage.

CHIMENE.

Tu vas mourir !

D. RODRIGUE.

Je cours à ces heureux moments
Qui vont livrer ma vie à vos ressentiments.

CHIMENE.

Tu vas mourir ! Don Sanche est-il si redoutable,
Qu'il donne l'épouvante à ce cœur indomptable ?
Qui t'a rendu si faible? ou qui le rend si fort ?
Rodrigue va combattre, et se croit déjà mort !
Celui qui n'a pas craint les Maures, ni mon père,
Va combattre don Sanche, et déjà désespère !
Ainsi donc au besoin ton courage s'abat !

D. RODRIGUE.

Je cours à mon supplice et non pas au combat;
Et ma fidèle ardeur sait bien m'ôter l'envie,
Quand vous cherchez ma mort de défendre ma vie.
J'ai toujours même cœur ; mais je n'ai point de bras
Quand il faut conserver ce qui ne vous plaît pas :
Et déjà cette nuit m'aurait été mortelle
Si j'eusse combattu pour ma seule querelle,

Mais défendant mon roi, son peuple, et mon pays,
A me défendre mal je les aurais trahis.
Mon esprit généreux ne hait pas tant la vie,
Qu'il en veuille sortir par une perfidie :
Maintenant qu'il s'agit de mon seul intérêt,
Vous demandez ma mort, j'en accepte l'arrêt.
Votre ressentiment choisit la main d'un autre :
Je ne méritais pas de mourir de la vôtre.
On ne me verra point en repousser les coups ;
Je dois plus de respect à qui combat pour vous ;
Et, ravi de penser que c'est de vous qu'ils viennent,
Puisque c'est votre honneur que ses armes soutiennent,
Je lui vais présenter mon estomac ouvert,
Adorant en sa main la vôtre qui me perd.

CHIMÈNE.

Si d'un triste devoir la juste violence,
Qui me fait malgré moi poursuivre ta vaillance,
Prescrit à ton amour une si forte loi
Qui te rend sans défense à qui combat pour moi ;
En cet aveuglement ne perds pas la mémoire
Qu'ainsi que de ta vie il y va de ta gloire,
Et que, dans quelque éclat que Rodrigue ait vécu,
Quand on le saura mort, on le croira vaincu.
Ton honneur t'est plus cher que je ne te suis chère,
Puisqu'il trempe tes mains dans le sang de ton père,
Et te fait renoncer, malgré ta passion,
A l'espoir le plus doux de la possession ;
Je t'en vois cependant faire si peu de compte,
Que sans rendre combat tu veux qu'on te surmonte.
Quelle inégalité ravale ta vertu !
Pourquoi ne l'a-tu plus? ou pourquoi l'avais-tu?
Quoi! n'es-tu généreux que pour me faire outrage?
S'il ne faut m'offenser, n'as-tu point de courage?
Et traites-tu mon père avec tant de rigueur,
Qu'après l'avoir vaincu tu souffres un vainqueur?
Va, sans vouloir mourir, laisse-moi te poursuivre,
Et défends ton honneur, si tu ne veux plus vivre.

D. RODRIGUE.

Après la mort du comte, et les Maures défaits,
Faudrait-il à ma gloire encore d'autres effets?

Elle peut dédaigner le soin de me défendre :
On sait que mon courage ose tout entreprendre,
Que ma valeur peut tout, et que dessous les cieux,
Auprès de mon honneur, rien ne m'est précieux.
Non, non, en ce combat, quoi que vous veuilliez croire,
Rodrigue peut mourir sans hasarder sa gloire,
Sans qu'on l'ose accuser d'avoir manqué de cœur,
Sans passer pour vaincu, sans souffrir un vainqueur.
On dira seulement : « Il adorait Chimène ;
Il n'a pas voulu vivre, et mériter sa haine ;
Il a cédé lui-même à la rigueur du sort
Qui forçait sa maîtresse à poursuivre sa mort :
Elle voulait sa tête ; et son cœur magnanime,
S'il l'en eût refusée, eût pensé faire un crime.
Pour venger son honneur il perdit son amour,
Pour venger sa maîtresse il a quitté le jour,
Préférant (quelque espoir qu'eût son âme asservie,)
Son honneur à Chimène, et Chimène à sa vie. »
Ainsi donc vous verrez ma mort en ce combat,
Loin d'obscurcir ma gloire, en rehausser l'éclat ;
Et cet honneur suivra mon trépas volontaire,
Que tout autre que moi n'eût pu vous satisfaire.

CHIMÈNE.

Puisque, pour t'empêcher de courir au trépas,
Ta vie et ton honneur sont de faibles appas,
Si jamais je t'aimai, cher Rodrigue, en revanche,
Défends-toi maintenant pour m'ôter à don Sanche ;
Combats pour m'affranchir d'une condition
Qui me donne à l'objet de mon aversion.
Te dirai-je encor plus ? va, songe à ta défense,
Pour forcer mon devoir, pour m'imposer silence ;
Et, si tu sens pour moi ton cœur encore épris,
Sors vainqueur d'un combat dont Chimène est le prix.
Adieu : ce mot lâché me fait rougir de honte.

D. RODRIGUE, seul.

Est-il quelque ennemi qu'à présent je ne dompte ?
Paraissez, Navarrois, Maures et Castillans,
Et tout ce que l'Espagne a nourri de vaillants ;
Unissez-vous ensemble, et faites une armée,
Pour combattre une main de la sorte animée :

Joignez tous vos efforts contre un espoir si doux ;
Pour en venir à bout c'est trop peu que de vous.

SCÈNE II.

L'INFANTE.

T'écouterai-je encor, respect de ma naissance,
    Qui fais un crime de mes feux !
T'écouterai-je, amour, dont la douce puissance
Contre ce fier tyran fait révolter mes vœux ?
    Pauvre princesse, auquel des deux
    Dois-tu prêter obéissance ?
Rodrigue, ta valeur te rend digne de moi ;
Mais pour être vaillant tu n'es pas fils de roi.

Impitoyable sort, dont la rigueur sépare
    Ma gloire d'avec mes désirs,
Est-il dit que le choix d'une vertu si rare
Coûte à ma passion de si grands déplaisirs ?
    O cieux ! à combien de soupirs
    Faut-il que mon cœur se prépare,
Si jamais il n'obtient sur un si long tourment
Ni d'éteindre l'amour, ni d'accepter l'amant !

Mais c'est trop de scrupule, et ma raison s'étonne
    Du mépris d'un si digne choix :
Bien qu'aux monarques seuls ma naissance me donne,
Rodrigue, avec honneur je vivrai sous tes lois.
    Après avoir vaincu deux rois,
    Pourrais-tu manquer de couronne ?
Et ce grand nom de Cid que tu viens de gagner
Ne fait-il pas trop voir sur qui tu dois régner ?

Il est digne de moi, mais il est à Chimène ;
    Le don que j'en ai fait me nuit.
Entre eux la mort d'un père a si peu mis de haine,
Que le devoir du sang à regret le poursuit :
    Ainsi n'espérons aucun fruit
    De son crime, ni de ma peine,
Puisque pour me punir le destin a permis
Que l'amour dure même entre deux ennemis.

SCÈNE III.

L'INFANTE, LEONOR.

L'INFANTE.

Où viens-tu, Léonor?

LÉONOR.

Vous applaudir, madame,
Sur le repos qu'enfin a retrouvé votre ame.

L'INFANTE.

D'où viendrait ce repos dans un comble d'ennui?

LÉONOR.

Si l'amour vit d'espoir, et s'il meurt avec lui,
Rodrigue ne peut plus charmer votre courage.
Vous savez le combat où Chimène l'engage;
Puisqu'il faut qu'il y meure, ou qu'il soit son mari,
Votre espérance est morte, et votre esprit guéri.

L'INFANTE.

Ah! qu'il s'en faut encor!

LÉONOR.

Que pouvez-vous prétendre?

L'INFANTE.

Mais plutôt quel espoir me pourrais-tu défendre?
Si Rodrigue combat sous ces conditions,
Pour en rompre l'effet j'ai trop d'inventions.
L'amour, ce doux auteur de mes cruels supplices,
Aux esprits des amants apprend trop d'artifices.

LÉONOR.

Pourrez-vous quelque chose, après qu'un père mort
N'a pu, dans leurs esprits, allumer de discord?
Car Chimène aisément montre, par sa conduite,
Que la haine aujourd'hui ne fait pas sa poursuite.
Elle obtient un combat, et pour son combattant
C'est le premier offert qu'elle accepte à l'instant:
Elle n'a point recours à ces mains généreuses
Que tant d'exploits fameux rendent si glorieuses;

Don Sanche lui suffit, et mérite son choix,
Parce qu'il va s'armer pour la première fois ;
Elle aime en ce duel son peu d'expérience ;
Comme il est sans renom, elle est sans défiance ;
Et sa facilité vous doit bien faire voir
Qu'elle cherche un combat qui force son devoir,
Qui livre à son Rodrigue une victoire aisée,
Et l'autorise enfin à paraître apaisée.

L'INFANTE.

Je le remarque assez, et toutefois mon cœur
A l'envi de Chimène adore ce vainqueur.
A quoi me résoudrai-je, amante infortunée?

LÉONOR.

A vous mieux souvenir de qui vous êtes née :
Le ciel vous doit un roi, vous aimez un sujet !

L'INFANTE.

Mon inclination a bien changé d'objet.
Je n'aime plus Rodrigue, un simple gentilhomme ;
Non, ce n'est plus ainsi que mon amour le nomme :
Si j'aime, c'est l'auteur de tant de beaux exploits,
C'est le valeureux Cid, le maître de deux rois.
Je me vaincrai pourtant, non de peur d'aucun blâme,
Mais pour ne troubler pas une si belle flamme ;
Et, quand pour m'obliger on l'aurait couronné,
Je ne veux point reprendre un bien que j'ai donné.
Puisqu'en un tel combat sa victoire est certaine,
Allons encore un coup le donner à Chimène.
Et toi, qui vois les traits dont mon cœur est percé,
Viens me voir achever comme j'ai commencé.

SCÈNE IV.

CHIMENE , ELVIRE.

CHIMENE.

Elvire, que je souffre ! et que je suis à plaindre !
Je ne sais qu'espérer, et je vois tout à craindre ;
Aucun vœu ne m'échappe où j'ose consentir ;
Je ne souhaite rien sans un prompt repentir.

A deux rivaux pour moi je fais prendre les armes :
Le plus heureux succès me coûtera des larmes ;
Et, quoi qu'en ma faveur en ordonne le sort,
Mon père est sans vengeance, ou mon amant est mort.

ELVIRE.

D'un et d'autre côté je vous vois soulagée :
Ou vous avez Rodrigue, ou vous êtes vengée ;
Et quoi que le destin puisse ordonner de vous,
Il soutient votre gloire, et vous donne un époux.

CHIMENE.

Quoi ! l'objet de ma haine, ou de tant de colère !
L'assassin de Rodrigue, ou celui de mon père !
De tous les deux côtés on me donne un mari
Encor tout teint du sang que j'ai le plus chéri.
De tous les deux côtés mon ame se rebelle :
Je crains plus que la mort la fin de ma querelle.
Allez, vengeance, amour, qui troublez mes esprits,
Vous n'avez point pour moi de douceurs à ce prix :
Et toi, puissant moteur du destin qui m'outrage,
Termine ce combat sans aucun avantage,
Sans faire aucun des deux ni vaincu, ni vainqueur?

ELVIRE.

Ce serait vous traiter avec trop de rigueur.
Ce combat pour votre ame est un nouveau supplice,
S'il vous laisse obligée à demander justice,
A témoigner toujours ce haut ressentiment,
Et poursuivre toujours la mort de votre amant.
Madame, il vaut bien mieux que sa rare vaillance,
Lui couronnant le front, vous impose silence ;
Que la loi du combat étouffe vos soupirs,
Et que le roi vous force à suivre vos désirs.

CHIMENE.

Quand il sera vainqueur, crois-tu que je me rende ?
Mon devoir est trop fort, et ma perte trop grande ;
Et ce n'est pas assez pour leur faire la loi,
Que celle du combat et le vouloir du roi.
Il peut vaincre don Sanche avec fort peu de peine,
Mais non pas avec lui la gloire de Chimène ;

Et, quoi qu'à sa victoire un monarque ait promis,
Mon honneur lui fera mille autres ennemis.

ELVIRE.

Gardez, pour vous punir de cet orgueil étrange,
Que le ciel à la fin ne souffre qu'on vous venge.
Quoi ! vous voulez encor refuser le bonheur
De pouvoir maintenant vous taire avec honneur?
Que prétend ce devoir, et qu'est-ce qu'il espère?
La mort de votre amant vous rendra-t-elle un père?
Est-ce trop peu pour vous que d'un coup de malheur?
Faut-il perte sur perte, et douleur sur douleur?
Allez, dans le caprice où votre humeur s'obstine,
Vous ne méritez pas l'amant qu'on vous destine;
Et nous verrons du ciel l'équitable courroux
Vous laisser, par sa mort, don Sanche pour époux.

CHIMENE.

Elvire, c'est assez des peines que j'endure,
Ne les redouble point par ce funeste augure.
Je veux, si je le puis, les éviter tous deux,
Sinon, en ce combat Rodrigue a tous mes vœux :
Non qu'une folle ardeur de son côté me penche;
Mais, s'il était vaincu, je serais à don Sanche :
Cette appréhension fait naître mon souhait....
Que vois-je, malheureuse ! Elvire, c'en est fait.

SCÈNE V.

D. SANCHE, CHIMENE, ELVIRE.

D. SANCHE.

Obligé d'apporter à vos pieds cette épée.....

CHIMENE.

Quoi ! du sang de Rodrigue encore toute trempée !
Perfide, oses-tu bien te montrer à mes yeux,
Après m'avoir ôté ce que j'aimais le mieux?
Éclate, mon amour, tu n'as plus rien à craindre;
Mon père est satisfait, cesse de te contraindre;
Un même coup a mis ma gloire en sûreté,
Mon ame au désespoir, ma flamme en liberté.

D. SANCHE.

D'un esprit plus rassis...

CHIMÈNE.

      Tu me parles encore,
Exécrable assassin d'un héros que j'adore !
Va, tu l'as pris en traître ; un guerrier si vaillant
N'eût jamais succombé sous un tel assaillant.
N'espère rien de moi, tu ne m'as point servie ;
Et, croyant me venger, tu m'as ôté la vie.

D. SANCHE.

Etrange impression qui, loin de m'écouter...

CHIMÈNE.

Veux-tu que de sa mort je t'écoute vanter,
Que j'entende à loisir avec quelle insolence
Tu peindras son malheur, mon crime, et ta vaillance ?

SCÈNE VI.

D. FERNAND, D. DIÈGUE, D. ARIAS, D. SANCHE,
D. ALONSE, CHIMÈNE, ELVIRE.

CHIMÈNE.

Sire, il n'est plus besoin de vous dissimuler
Ce que tous mes efforts ne vous ont pu céler.
J'aimais, vous l'avez su ; mais, pour venger mon père,
J'ai bien voulu proscrire une tête si chère :
Votre majesté, sire, elle-même a pu voir
Comme j'ai fait céder mon amour au devoir.
Enfin Rodrigue est mort, et sa mort m'a changée
D'implacable ennemie en amante affligée.
J'ai dû cette vengeance à qui m'a mise au jour,
Et je dois maintenant ces pleurs à mon amour.
Don Sanche m'a perdue en prenant ma défense ;
Et du bras qui me perd je suis la récompense !
Sire, si la pitié peut émouvoir un roi,
De grace, révoquez une si dure loi ;
Pour prix d'une victoire où je perds ce que j'aime,
Je lui laisse mon bien ; qu'il me laisse à moi-même ;

Qu'en un cloître sacré je pleure incessamment,
Jusqu'au dernier soupir, mon père et mon amant.

D. DIÈGUE.

Enfin, elle aime, sire, et ne croit plus un crime
D'avouer par sa bouche un amour ligitime.

D. FERNAND.

Chimène, sors d'erreur, ton amant n'est pas mort ;
Et don Sanche vaincu t'a fait un faux rapport.

D. SANCHE.

Sire, un peu trop d'ardeur malgré moi l'a déçue :
Je venais du combat lui raconter l'issue.
Ce généreux guerrier dont son cœur est charmé,
« Ne crains rien, m'a-t-il dit (quand il m'a désarmé);
« Je laisserais plutôt la victoire incertaine
« Que de répandre un sang hasardé pour Chimène ;
« Mais puisque mon devoir m'appelle auprès du roi,
« Va de notre combat l'entretenir pour moi,
« De la part du vainqueur lui porter ton épée. »
Sire, je suis venu : cet objet l'a trompée ;
Elle m'a cru vainqueur, me voyant de retour ;
Et soudain sa colère a trahi son amour
Avec tant de transport et tant d'impatience,
Que je n'ai pu gagner un moment d'audience.
Pour moi, bien que vaincu, je me répute heureux ;
Et, malgré l'intérêt de mon cœur amoureux,
Perdant infiniment, j'aime encor ma défaite,
Qui fait le beau succès d'une amour si parfaite.

D. FERNAND.

Ma fille, il ne faut point rougir d'un si beau feu,
Ni chercher les moyens d'en faire un désaveu :
Une louable honte en vain t'en sollicite ;
Ta gloire est dégagée et ton devoir est quitte ;
Ton père est satisfait, et c'était le venger
Que mettre tant de fois ton Rodrigue en danger.
Tu vois comme le ciel autrement en dispose.
Ayant tant fait pour lui, fais pour toi quelque chose,
Et ne sois point rebelle à mon commandement,
Qui te donne un époux aimé si chèrement.

SCÈNE VII.

D. FERNAND, D. DIÈGUE, D. ARIAS, D. RO-
DRIGUE, D. ALONSE, D. SANCHE, L'INFANTE,
CHIMÈNE, LÉONOR, ELVIRE.

L'INFANTE.

Sèche tes pleurs, Chimène, et reçois sans tristesse
Ce généreux vainqueur des mains de ta princesse.

D. RODRIGUE.

Ne vous offensez point, sire, si, devant vous
Un respect amoureux me jette à ses genoux.
Je ne viens point ici demander ma conquête;
Je viens tout de nouveau vous apporter ma tête,
Madame; mon amour n'emploiera point pour moi,
Ni la loi du combat, ni le vouloir du roi.
Si tout ce qui s'est fait est trop peu pour un père,
Dites par quels moyens il vous faut satisfaire.
Faut-il combattre encor mille et mille rivaux,
Aux deux bouts de la terre étendre mes travaux,
Forcer moi seul un camp, mettre en fuite une armee,
Des héros fabuleux passer la renommée?
Si mon crime par là se peut enfin laver,
J'ose tout entreprendre, et puis tout achever :
Mais si ce fier honneur, toujours inexorable,
Ne se peut apaiser sans la mort du coupable,
N'armez plus contre moi le pouvoir des humains;
Ma tête est à vos pieds, vengez-vous par vos mains;
Vos mains seules ont droit de vaincre un invincible.
Prenez une vengeance à tout autre impossible.
Mais du moins que ma mort suffise à me punir.
Ne me bannissez point de votre souvenir;
Et, puisque mon trépas conserve votre gloire,
Pour vous en revancher conservez ma mémoire,
Et dites quelquefois, en déplorant mon sort :
S'il ne m'avait aimée, il ne serait pas mort.

CHIMÈNE.

Relève-toi, Rodrigue. Il faut l'avouer, sire,
Je vous en ai trop dit pour m'en pouvoir dédire.
Rodrigue a des vertus que je ne puis haïr;
Et quand son roi commande on lui doit obéir.

Mais, à quoi que déjà vous m'ayez condamnée,
Pourrez-vous à vos yeux souffrir cet hyménée?
Et quand de mon devoir vous voulez cet effort,
Toute votre justice en est-elle d'accord?
Si Rodrigue à l'état devient si nécessaire,
De ce qu'il fait pour vous dois-je être le salaire,
Et me livrer moi-même au reproche éternel
D'avoir trempé mes mains dans le sang paternel?

D. FERNAND.

Le temps assez souvent a rendu légitime
Ce qui semblait d'abord ne se pouvoir sans crime.
Rodrigue t'a gagnée, et tu dois être à lui.
Mais, quoique sa valeur t'ait conquise aujourd'hui,
Il faudrait que je fusse ennemi de ta gloire
Pour lui donner sitôt le prix de sa victoire.
Cet hymen différé ne rompt point une loi
Qui, sans marquer de temps, lui destine ta foi.
Prends un an, si tu veux, pour essuyer tes larmes.
Rodrigue, cependant il faut prendre les armes.
Après avoir vaincu les Maures sur nos bords,
Renversé leurs desseins, repoussé leurs efforts,
Va jusqu'en leur pays leur reporter la guerre,
Commander mon armée, et ravager leur terre.
A ce seul nom de Cid ils trembleront d'effroi;
Ils t'ont nommé seigneur, ils te voudront pour roi.
Mais parmi tes hauts faits sois-lui toujours fidèle:
Reviens-en, s'il se peut, encor plus digne d'elle;
Et par tes grands exploits fais-toi si bien priser,
Qu'il lui soit glorieux alors de t'épouser.

D. RODRIGUE.

Pour posséder Chimène, et pour votre service,
Que peut-on m'ordonner que mon bras n'accomplisse?
Quoi qu'absent de ses yeux il me faille endurer,
Sire, ce m'est trop d'heur de pouvoir espérer.

D. FERNAND.

Espère en ton courage, espère en ma promesse;
Et possédant déjà le cœur de ta maîtresse,
Pour vaincre un point d'honneur qui combat contre toi,
Laisse faire le temps, ta vaillance, et ton roi.

FIN DU CID.

EXAMEN DU CID.

Ce poème a tant d'avantages du côté du sujet et des pensées brillantes dont il est semé, que la plupart de ses auditeurs n'ont pas voulu voir les défauts de sa conduite, et ont laissé enlever leurs suffrages au plaisir que leur a donné sa représentation. Bien que ce soit celui de tous mes ouvrages réguliers où je me suis permis le plus de licence, il passe encore pour le plus beau auprès de ceux qui ne s'attachent pas à la dernière sévérité des règles ; et, depuis 1636 qu'il tient sa place sur nos théâtres, l'histoire ni l'effort de l'imagination n'y ont rien fait voir qui en ait effacé l'éclat Aussi a-t-il les deux grandes conditions que demande Aristote aux tragédies parfaites, et dont l'assemblage se rencontre si rarement chez les anciens et les modernes ; il les assemble même plus fortement et plus noblement que les espèces que pose ce philosophe. Une maîtresse que son devoir force à poursuivre la mort de son amant, qu'elle tremble d'obtenir, a les passions plus vives et plus allumées que tout ce qui peut se passer entre un mari et sa femme, une mère et son fils, un frère et sa sœur ; et la haute vertu dans un naturel sensible à ces passions, qu'elle dompte sans les affaiblir, et à qui elle laisse toute leur force pour en triompher plus glorieusement, a quelque chose de plus touchant, de plus élevé, et de plus aimable, que cette médiocre bonté, capable d'une faiblesse, et même d'un crime, où nos anciens étaient contraints d'arrêter le caractère le plus parfait des rois et des princes dont ils faisaient leurs héros, afin que ces taches et ces forfaits, défigurant ce qu'ils leur laissaient de vertu, s'accommodât * au goût et aux souhaits de leurs spectateurs, et fortifiât l'horreur qu'ils avaient conçue de leur domination et de la monarchie.

* Sans chercher à justifier l'emploi de ces verbes au singulier, nous ferons remarquer que nous donnons la phrase de Corneille telle qu'elle se trouve dans toutes les éditions publiées de son vivant.

Rodrigue suit ici son devoir sans rien relâcher de sa passion : Chimène fait la même chose à son tour, sans laisser ébranler son dessein par la douleur où elle se voit abîmée par-là; et si la présence de son amant lui fait faire quelque faux pas, c'est une glissade dont elle se relève à l'heure même; et non seulement elle connaît si bien sa faute, qu'elle nous en avertit; mais elle fait un prompt désaveu de tout ce qu'une vue si chère lui a pu arracher. Il n'est point besoin qu'on lui reproche qu'il lui est honteux de souffrir l'entretien de son amant après qu'il a tué son père : elle avoue que c'est la seule prise que la médisance aura sur elle. Si elle s'emporte jusqu'à lui dire qu'elle veut bien qu'on sache qu'elle l'adore et le poursuit, ce n'est point une résolution si ferme, qu'elle l'empêche de cacher son amour de tout son pouvoir, lorsqu'elle est en la présence du roi. S'il lui échappe de l'encourager au combat contre don Sanche par ces paroles,

> Sors vainqueur d'un combat dont Chimène est le prix,

elle ne se contente pas de s'enfuir de honte au même moment, mais sitôt qu'elle est avec Elvire, à qui elle ne déguise rien de ce qui se passe en son ame, et que la vue de ce cher objet ne lui fait plus de violence, elle forme un souhait plus raisonnable, qui satisfait sa vertu et son amour tout ensemble, et demande au ciel que le combat se termine

> Sans faire aucun des deux, ni vaincu, ni vainqueur.

Si elle ne dissimule point qu'elle penche du côté de Rodrigue, de peur d'être à don Sanche, pour qui elle a de l'aversion, cela ne détruit point la protestation qu'elle a faite un peu auparavant que, malgré la loi de ce combat, et les promesses que le roi a faites à Rodrigue, elle lui fera mille autres ennemis s'il en sort victorieux. Ce grand éclat même qu'elle laisse faire à son amour après qu'elle le croit mort, est suivi d'une opposition vigoureuse à l'exécution de cette loi qui la donne à son amant, et elle ne se tait qu'après que le roi l'a différée, et lui a laissé lieu d'espérer qu'avec le temps il y pourra survenir quelque obstacle. Je sais bien que le silence passe d'ordinaire pour une marque de consentement; mais, quand les rois parlent, c'en est une de contradiction : on ne manque jamais de leur applaudir quand on entre dans leurs sentiments; et le seul moyen de leur contredire avec le respect qui leur est dû, c'est de se taire, quand leurs ordres ne sont pas si pressants qu'on ne puisse remettre à s'excuser de leur obéir lorsque le temps en sera venu, et conserver cependant une espérance légitime d'un empêchement qu'on ne peut encore déterminément prévoir.

Il est vrai que, dans ce sujet, il faut se contenter de tirer Rodrigue de péril, sans le pousser jusqu'à son mariage avec Chimène. Il est historique, et a plu en son temps; mais bien sûrement il déplairait au nôtre; et j'ai peine à voir que Chimène y consente chez l'auteur espagnol, bien qu'il donne plus de trois ans de durée à la comédie qu'il en a faite. Pour ne pas contredire l'histoire, j'ai cru ne me pouvoir dispenser d'en jeter quelque idée, mais avec incertitude de l'effet; et ce n'était que par là que je pouvais accorder la bienséance du théâtre avec la vérité de l'évènement.

Les deux visites que Rodrigue fait à sa maîtresse ont quelque chose qui choque la bienséance de la part de celle qui les souffre; la rigueur du devoir voulait qu'elle refusât de lui parler, et s'enfermât dons son cabinet au lieu de l'écouter; mais permettez-moi de dire avec un des premiers esprits de notre siècle, « que leur conversation est remplie de si beaux sen- « timents, que plusieurs n'ont pas connu ce défaut, « et que ceux qui l'ont connu l'ont toléré. » J'irai plus outre, et dirai que presque tous ont souhaité que ces entretiens se fissent; et j'ai remarqué aux premières représentations, qu'alors que ce malheureux amant se présentait devant elle, il s'élevait un certain frémissement dans l'assemblée, qui marquait une curiosité merveilleuse, et un redoublement d'attention pour ce qu'ils avaient à se dire dans un état si pi-

toyable. Aristote dit « qu'il y a des absurdités qu'il
« faut laisser dans un poëme, quand on peut espérer
« qu'elles seront bien reçues; et il est du devoir du
« poëte, en ce cas, de les couvrir de tant de bril-
« lants qu'elles puissent éblouir. » Je laisse au jugement de mes auditeurs si je me suis assez bien ac-
quitté de ce devoir pour justifier par là ces deux
scènes. Les pensées de la première des deux sont
quelquefois trop spirituelles pour partir de personnes
fort affligées; mais, outre que je n'ai fait que la para-
phraser de l'espagnol, si nous ne nous permettions
quelque chose de plus ingénieux que le cours ordinaire de la passion, nos poëmes ramperaient souvent,
et les grandes douleurs ne mettraient dans la bouche
de nos acteurs que des exclamations et des hélas !
Pour ne déguiser rien, cette offre que fait Rodrigue
de son épée à Chimène, et cette protestation de se
laisser tuer par don Sanche, ne me plairaient pas
maintenant. Ces beautés étaient de mise en ce temps-
là, et ne le seraient plus en celui-ci. La première est
dans l'original espagnol; et l'autre est tirée sur ce
modèle. Toutes les deux ont fait effet en ma faveur;
mais je ferais scrupule d'en étaler de pareilles à l'a-
venir sur notre théâtre.

J'ai dit ailleurs ma pensée touchant l'infante et le
roi; il reste néanmoins quelque chose à examiner sur
la manière dont celui-ci agit, qui ne paraît pas assez
vigoureuse, en ce qu'il ne fait pas arrêter le comte
après le soufflet donné, et n'envoie pas des gardes à
don Diègue et à son fils. Sur quoi on peut considérer que don Fernand étant le premier roi de Castille,
et ceux qui en avaient été les maîtres auparavant lui
n'ayant eu titre que de comtes, il n'était peut-être
pas assez absolu sur les grands seigneurs de son
royaume pour le pouvoir faire. Chez don Guillem
de Castro, qui a traité ce sujet avant moi, et qui
devait mieux connaître que moi quelle était l'autorité
de ce premier monarque de son pays, le soufflet se
donne en sa présence, et en celle de deux ministres
d'état, qui lui conseillent, après que le comte s'est

retiré fièrement et avec bravade, et que don Diègue
a fait la même chose en soupirant, de ne le pousser
point à bout, parce qu'il a quantité d'amis dans les
Asturies, qui se pourraient révolter, et prendre parti
avec les Maures dont son état est environné : ainsi
il se résout d'accommoder l'affaire sans bruit, et re-
commande le secret à ces deux ministres, qui ont été
seuls témoin de l'action. C'est sur cet exemple que
je me suis cru bien fondé à le faire agir plus molle-
ment qu'on ne ferait en ce temps-ci, où l'autorité
royale est plus absolue. Je ne pense pas non plus
qu'il fasse une faute bien grande de ne jeter point
l'alarme, de nuit, dans sa ville, sur l'avis incertain
qu'il a du dessein des Maures, puisqu'on faisait
bonne garde sur les murs et sur le port : mais il est
inexcusable de n'y donner aucun ordre après leur
arrivée, et de laisser tout faire à Rodrigue. La loi du
combat qu'il propose à Chimène avant que de le permettre à don Sanche contre Rodrigue, n'est pas si
injuste que quelques uns ont voulu le dire, parce
qu'elle est plutôt une menace pour la faire dédire de
la demande de ce combat, qu'un arrêt qu'il lui veuille
faire exécuter. Cela paraît en ce qu'après la victoire
de Rodrigue il n'en exige pas précisément l'effet de
sa parole, et la laisse en état d'espérer que cette condition n'aura point de lieu.

Je ne puis dénier que la règle des vingt-quatre
heures presse trop les incidents de cette pièce. La
mort du comte et l'arrivée des Maures s'y pouvaient
entresuivre d'aussi près qu'elles font, parce que cette
arrivée est une surprise qui n'a point de communi-
cation, ni de mesure à prendre avec le reste ; mais il
n'en va pas ainsi du combat de don Sanche, dont le
roi était le maître, et pouvait lui choisir un autre
temps que deux heures après la fuite des Maures. Leur
défaite avait assez fatigué Rodrigue toute la nuit pour
mériter deux ou trois jours de repos ; et même il y
avait quelque apparence qu'il n'en était pas échappé sans
blessures, quoique je n'en aie rien dit, parce qu'elles
n'auraient fait que nuire à la conclusion de l'action.

Cette même règle presse aussi trop Chimène de demander justice au roi la seconde fois. Elle l'avait fait le soir d'auparavant, et n'avait aucun sujet d'y retourner le lendemain matin pour importuner le roi, dont elle n'avait encore aucun lieu de se plaindre, puisqu'elle ne pouvait encore dire qu'il lui eût manqué de promesse. Le roman lui aurait donné sept ou huit jours de patience avant que de l'en presser de nouveau ; mais les vingt-quatre heures ne l'ont pas permis. C'est l'incommodité de la règle. Passons à celle de l'unité de lieu, qui ne m'a pas moins donné de gêne en cette pièce.

Je l'ai placé dans Séville, bien que Fernand n'en ait jamais été le maître ; et j'ai été obligé à cette falsification, pour former quelque vraisemblance à la descente des Maures, dont l'armée ne pouvait venir si vite par terre que par eau. Je ne voudrais pas assurer toutefois que le flux de la mer monte effectivement jusque là : mais, comme dans notre Seine, il fait encore plus de chemin qu'il ne lui en faut faire sur le Guadalquivir pour battre les murailles de cette ville, cela peut suffire à fonder quelque probabilité parmi nous, pour ceux qui n'ont point été sur le lieu même.

Cette arrivée des Maures ne laisse pas d'avoir le défaut que j'ai marqué ailleurs, qu'ils se présentent d'eux-mêmes, sans être appelés dans la pièce directement ni indirectement par aucun acteur du premier acte. Ils ont plus de justesse dans l'irrégularité de l'auteur espagnol. Rodrigue n'osant plus se montrer à la cour, les va combattre sur la frontière, et ainsi le premier acteur les va chercher, et leur donne place dans le poème, au contraire de ce qui arrive ici, où ils semblent se venir faire de fête exprès pour en être battus, et lui donner moyen de rendre à son roi un service d'importance qui lui fasse obtenir sa grace. C'est une seconde incommodité de la règle dans cette tragédie.

Tout s'y passe donc dans Séville, et garde ainsi quelque espèce d'unité de lieu en général ; mais le

lieu particulier change de scène en scène, et tantôt
c'est le palais du roi, tantôt l'appartement de l'infante, tantôt la maison de Chimène, et tantôt une
rue ou place publique. On le détermine aisément
pour les scènes détachées; mais pour celles qui ont
leur liaison ensemble, comme les quatre dernières
du premier acte, il est mal aisé d'en choisir un qui
convienne à toutes. Le comte et don Diègue se que-
rellent au sortir du palais; cela se peut passer dans
une rue : mais, après le soufflet reçu, don Diègue ne
peut pas demeurer en cette rue à faire ses plaintes,
attendant que son fils survienne, qu'il ne soit tout
aussitôt environné de peuple, et ne reçoive l'offre de
quelques amis. Ainsi il serait plus à propos qu'il se
plaignît dans sa maison, où le met l'espagnol, pour
laisser aller ses sentiments en liberté; mais, en ce cas,
il faudrait délier les scènes comme il a fait. En l'état
où elles sont ici, on peut dire qu'il faut quelquefois
aider au théâtre, et suppléer favorablement ce qui
ne s'y peut représenter. Deux personnes s'y arrêtent
pour parler, et quelquefois il faut présumer qu'ils
marchent, ce qu'on ne peut exposer sensiblement à
la vue, parce qu'ils échapperaient aux yeux avant que
d'avoir pu dire ce qu'il est nécessaire qu'ils fassent
savoir à l'auditeur. Ainsi, par une fiction de théâtre,
on peut s'imaginer que don Diègue et le comte, sor-
tant du palais du roi, avancent toujours en se que-
rellant, et sont arrivés devant la maison de ce premier
lorsqu'il reçoit le soufflet qui l'oblige à y entrer pour
y chercher du secours. Si cette fiction poétique ne
vous satisfait point, laissons-le dans la place publique,
et disons que le concours du peuple autour de lui
après cette offense, et les offres de service que lui font
les premiers amis qui s'y rencontrent, sont des cir-
constances que le roman ne doit pas oublier, mais
que ces menues actions ne servant de rien à la principale, il n'est pas besoin que le poète s'embarrasse
sur la scène. Horace l'en dispense par ce vers :

> Hoc amet, hoc spernat promissi carminis auctor;
> Pleraque differat.

Et ailleurs :

> Semper ad eventum festinet.

C'est ce qui m'a fait négliger, au troisième acte, de donner à don Diègue, pour aide à chercher son fils, aucun des cinq cents amis qu'il avait chez lui. Il y a grande apparence que quelques uns d'eux l'y accompagnaient, et même que quelques autres le cherchaient pour lui d'un autre côté ; mais ces accompagnements inutiles de personnes qui n'ont rien à dire, puisque celui qu'ils accompagnent a seul tout l'intérêt à l'action ; ces sortes d'accompagnements, dis-je, ont toujours mauvaise grace au théâtre, et d'autant plus que les comédiens n'emploient à ces personnages muets que leurs moucheurs de chandelles et leurs valets, qui ne savent quelle posture tenir.

Les funérailles du comte étaient encore une chose fort embarrassante, soit qu'elles se soient faites avant la fin de la pièce, soit que le corps ait demeuré en présence dans son hôtel, attendant qu'on y donnât ordre. Le moindre mot que j'en eusse laissé dire, pour en prendre soin, eût rompu toute la chaleur de l'attention, et rempli l'auditeur d'une fâcheuse idée. J'ai cru plus à propos de les dérober à son imagination par mon silence, aussi bien que le lieu précis de ces quatre scènes du premier acte dont je viens de parler; et je m'assure que cet artifice m'a si bien réussi, que peu de personnes ont pris garde à l'un ni à l'autre, et que la plupart des spectateurs, laissant emporter leurs esprits à ce qu'ils ont vu et entendu de pathéthique en ce poème, ne se sont point avisés de réfléchir sur ces deux considérations.

J'achève par une remarque sur ce que dit Horace, que ce qu'on expose à la vue touche bien plus que ce qu'on n'apprend que par un récit [*].

C'est sur quoi je me suis fondé pour faire voir le soufflet que reçoit don Diègue, et cacher aux yeux la mort du comte, afin d'acquérir et de conserver à

---

[*] Segnius irritant animos demissa per aurem,
Quàm quæ sunt oculis subjecta fidelibus.

Arte poeticâ, v. 180.

mon premier acteur l'amitié des auditeurs, si nécessaire pour réussir au théâtre. L'indignité d'un affront
fait à un vieillard chargé d'années et de victoires, les
jette aisément dans le parti de l'offensé; et cette
mort, qu'on vient dire au roi tout simplement sans
aucune narration touchante, n'excite point en eux la
commisération qu'y eût fait naître le spectacle de son
sang, et ne leur donne aucune aversion pour ce malheureux amant, qu'ils ont vu forcé, par ce qu'il devait
à son honneur, d'en venir à cette extrémité, malgré
l'intérêt et la tendresse de son amour.

FIN DE L'EXAMEN DU CID.

HORACE

TRAGÉDIE EN CINQ ACTES.

1639.

PERSONNAGES.

TULLE, roi de Rome.

LE VIEIL HORACE, chevalier romain.

HORACE, son fils.

CURIACE, gentilhomme d'Albe, amant de Camille.

VALÈRE, chevalier romain, amoureux de Camille.

SABINE, femme d'Horace, et sœur de Curiace.

CAMILLE, amante de Curiace, et sœur d'Horace.

JULIE, dame romaine, confidente de Sabine et de Camille.

FLAVIAN, soldat de l'armée d'Albe.

PROCULE, soldat de l'armée de Rome

La scène est à Rome, dans une salle de la maison d'Horace.

HORACE.

ACTE PREMIER.

SCÈNE PREMIÈRE.

SABINE, JULIE.

SABINE.

Approuvez ma faiblesse, et souffrez ma douleur;
Elle n'est que trop juste en un si grand malheur;
Si près de voir sur soi fondre de tels orages,
L'ébranlement sied bien aux plus fermes courages
Et l'esprit le plus mâle et le moins abattu
Ne saurait sans désordre exercer sa vertu.
Quoique le mien s'étonne à ces rudes alarmes,
Le trouble de mon cœur ne peut rien sur mes larmes,
Et, parmi les soupirs qu'il pousse vers les cieux,
Ma constance du moins règne encor sur mes yeux :
Quand on arrête là les déplaisirs d'une ame,
Si l'on fait moins qu'un homme, on fait plus qu'une
Commander à ses pleurs en cette extrémité, [femme;
C'est montrer pour le sexe assez de fermeté.

JULIE.

C'en est peut-être assez pour une ame commune,
Qui du moindre péril se fait une infortune;
Mais de cette faiblesse un grand cœur est honteux;
Il ose espérer tout dans un succès douteux.
Les deux camps sont rangés au pied de nos murailles;
Mais Rome ignore encor comme on perd des batailles.
Loin de trembler pour elle, il lui faut applaudir :
Puisqu'elle va combattre, elle va s'agrandir.
Bannissez, bannissez une frayeur si vaine,
Et conservez des vœux dignes d'une romaine.

SABINE.

Je suis romaine, hélas ! puisqu'Horace est Romain ;
J'en ai reçu le titre en recevant sa main ;
Mais ce nœud me tiendrait en esclave enchaînée,
S'il m'empêchait de voir en quels lieux je suis née.
Albe, où j'ai commencé de respirer le jour,
Albe, mon cher pays, et mon premier amour,
Lorsqu'entre nous et toi je vois la guerre ouverte,
Je crains notre victoire autant que notre perte.

    Rome, si tu te plains que c'est là te trahir,
Fais-toi des ennemis que je puisse haïr.
Quand je vois de tes murs leur armée et la nôtre,
Mes trois frères dans l'une, et mon mari dans l'autre,
Puis-je former des vœux et sans impiété
Importuner le ciel pour ta félicité ?
Je sais que ton état, encore en sa naissance,
Ne saurait, sans la guerre, affermir sa puissance ;
Je sais qu'il doit s'accroître, et que tes grands destins
Ne le borneront pas chez les peuples latins ;
Que les dieux t'ont promis l'empire de la terre,
Et que tu n'en peux voir l'effet que par la guerre :
Bien loin de m'opposer à cette noble ardeur
Qui suit l'arrêt des dieux et court à ta grandeur,
Je voudrais déjà voir tes troupes couronnées
D'un pas victorieux franchir les Pyrénées.
Va jusqu'en l'orient pousser tes bataillons ;
Va sur les bords du Rhin planter tes pavillons ;
Fais trembler sous tes pas les colonnes d'Hercule,
Mais respecte une ville à qui tu dois Romule.
Ingrate, souviens-toi que du sang de ses rois
Tu tiens ton nom, tes murs, et tes premières lois.
Albe est ton origine ; arrête et considère
Que tu portes le fer dans le sein de ta mère.
Tourne ailleurs les efforts de tes bras triomphants ;
Sa joie éclatera dans l'heur de ses enfants ,
Et, se laissant ravir à l'amour maternelle,
Ses vœux seront pour toi, si tu n'es plus contre elle.

JULIE.

Ce discours me surprend, vu que, depuis le temps
Qu'on a contre son peuple armé nos combattants,

Je vous ai vu pour elle autant d'indifférence,
Que si d'un sang romain vous aviez pris naissance.
J'admirais la vertu qui réduisait en vous
Vos plus chers intérêts à ceux de votre époux ;
Et je vous consolais au milieu de vos plaintes,
Comme si notre Rome eût fait toutes vos craintes.

SABINE.

Tant qu'on ne s'est choqué qu'en de légers combats,
Trop faibles pour jeter un des partis à bas,
Tant qu'un espoir de paix a pu flatter ma peine,
Oui, j'ai fait vanité d'être toute romaine.
Si j'ai vu Rome heureuse avec quelque regret,
Soudain j'ai condamné ce mouvement secret ;
Et si j'ai ressenti, dans ses destins contraires,
Quelque maligne joie en faveur de mes frères,
Soudain, pour l'étouffer rappelant ma raison,
J'ai pleuré quand la gloire entrait dans leur maison.
Mais aujourd'hui qu'il faut que l'une ou l'autre tombe.
Qu'Albe devienne esclave, ou que Rome succombe,
Et qu'après la bataille il ne demeure plus
Ni d'obstacle aux vainqueurs, ni d'espoir aux vaincus.
J'aurais pour mon pays une cruelle haine,
Si je pouvais encore être toute romaine,
Et si je demandais votre triomphe aux dieux.
Au prix de tant de sang qui m'est si précieux.
Je m'attache un peu moins aux intérêts d'un homme ;
Je ne suis point pour Albe, et ne suis plus pour Rome;
Je crains pour l'une et l'autre en ce dernier effort,
Et serai du parti qu'affligera le sort.
Egale à tous les deux jusques à la victoire,
Je prendrai part aux maux sans en prendre à la gloire ;
Et je garde, au milieu de tant d'âpres rigueurs,
Mes larmes aux vaincus, et ma haine aux vainqueurs.

JULIE.

Qu'on voit naître souvent de pareilles traverses,
En des esprits divers, des passions diverses !
Et qu'à nos yeux Camille agit bien autrement !
Son frère est votre époux, le vôtre est son amant :
Mais elle voit d'un œil bien différent du vôtre
Son sang dans une armée et son amour dans l'autre.

Lorsque vous conserviez un esprit tout romain,
Le sien irrésolu, le sien tout incertain,
De la moindre mêlée appréhendait l'orage,
De tous les deux partis détestait l'avantage,
Au malheur des vaincus donnait toujours ses pleurs,
Et nourrissait ainsi d'éternelles douleurs.
Mais hier, quand elle sut qu'on avait pris journée,
Et qu'enfin la bataille allait être donnée,
Une soudaine joie éclatant sur son front....

SABINE.

Ah ! que je crains, Julie, un changement si prompt !
Hier dans sa belle humeur elle entretint Valère ;
Pour ce rival, sans doute, elle quitte mon frère ;
Son esprit, ébranlé par les objets présents,
Ne trouve point d'absent aimable après deux ans.
Mais excusez l'ardeur d'une amour fraternelle ;
Le soin que j'ai de lui me fait craindre tout d'elle :
Je forme des soupçons d'un trop léger sujet.
Près d'un jour si funeste on change peu d'objet,
Les ames rarement sont de nouveau blessées ;
Et dans un si grand trouble on a d'autres pensées :
Mais on n'a pas aussi de si doux entretiens,
Ni de contentements qui soient pareils aux siens.

JULIE.

Les causes, comme à vous, m'en semblent fort obscures ;
Je ne me satisfais d'aucunes conjectures.
C'est assez de constance en un si grand danger
Que de le voir, l'attendre, et ne point s'affliger ;
Mais certes c'en est trop d'aller jusqu'à la joie.

SABINE.

Voyez qu'un bon génie à propos nous l'envoie.
Essayez sur ce point à la faire parler ;
Elle vous aime assez pour ne vous rien céler.
(*A Camille qui entre*)
Je vous laisse. Ma sœur, entretenez Julie :
J'ai honte de montrer tant de mélancolie ;
Et mon cœur, accablé de mille déplaisirs,
Cherche la solitude à cacher ses soupirs.

SCÈNE II.

CAMILLE, JULIE.

CAMILLE.

Qu'elle a tort de vouloir que je vous entretienne !
Croit-elle ma douleur moins vive que la sienne,
Et que, plus insensible à de si grands malheurs,
A mes tristes discours je mêle moins de pleurs ?
De pareilles frayeurs mon ame est alarmée ;
Comme elle je perdrai dans l'une et l'autre armée.
Je verrai mon amant, mon plus unique bien,
Mourir pour son pays, ou détruire le mien ;
Et cet objet d'amour devenir, pour ma peine,
Digne de mes soupirs, ou digne de ma haine.
Hélas !

JULIE.

Elle est pourtant plus à plaindre que vous.
On peut changer d'amant, mais non changer d'époux.
Oubliez Curiace, et recevez Valère,
Vous ne tremblerez plus pour le parti contraire,
Vous serez toute nôtre et votre esprit remis
N'aura plus rien à prendre au camp des ennemis.

CAMILLE.

Donnez-moi des conseils qui soient plus légitimes,
Et plaignez mes malheurs sans m'ordonner des crimes,
Quoiqu'à peine à mes maux je puisse résister,
J'aime mieux les souffrir que de les mériter.

JULIE.

Quoi ! vous appelez crime un change raisonnable ?

CAMILLE.

Quoi ! le manque de foi vous semble pardonnable ?

JULIE.

Envers un ennemi qui peut nous obliger ?

CAMILLE.

D'un serment solennel qui peut nous dégager ?

JULIE.

Vous déguisez en vain une chose trop claire :
Je vous vis encore hier entretenir Valère ;
Et l'accueil gracieux qu'il recevait de vous
Lui permet de nourrir un espoir assez doux.

CAMILLE.

Si je l'entretins hier et lui fis bon visage,
N'en imaginez rien qu'à son désavantage ;
De mon contentement un autre était l'objet :
Mais pour sortir d'erreur sachez-en le sujet :
Je garde à Curiace une amitié trop pure
Pour souffrir plus long-temps qu'on m'estime parjure.
　　Il vous souvient qu'à peine on voyait de sa sœur ?
Par un heureux hymen mon frère possesseur,
Quand pour comble de joie, il obtint de mon père
Que de ses chastes feux je serais le salaire.
Ce jour nous fut propice et funeste à la fois ;
Unissant nos maisons, il désunit nos rois ;
Un même instant conclut notre hymen et la guerre,
Fit naître notre espoir et le jeta par terre,
Nous ôta tout, sitôt qu'il nous eut tout promis ;
Et, nous faisant amants, il nous fit ennemis.
Combien nos déplaisirs parurent lors extrêmes !
Combien contre le ciel il vomit de blasphèmes !
Et combien de ruisseaux coulèrent de mes yeux !
Je ne vous le dis point, vous vîtes nos adieux ;
Vous avez vu depuis les troubles de mon ame :
Vous savez pour la paix quels vœux a faits ma flamme,
Et quels pleurs j'ai versés à chaque évènement,
Tantôt pour mon pays, tantôt pour mon amant.
Enfin mon désespoir, parmi ces longs obstacles,
M'a fait avoir recours à la voix des oracles,
Ecoutez si celui qui me fut hier rendu
Eut droit de rassurer mon esprit éperdu.
Ce Grec si renommé qui depuis tant d'années
Au pied de l'Aventin prédit nos destinées,
Lui qu'Apollon jamais n'a fait parler à faux,
Me promit par ces vers la fin de mes travaux :
« Albe et Rome demain prendront une autre face ;

» Tes vœux sont exaucés, elles auront la paix ;
» Et tu seras unie avec ton Curiace,
» Sans qu'aucun mauvais sort t'en sépare jamais. »
Je pris sur cet oracle une entière assurance ;
Et, comme le succès passait mon espérance,
J'abandonnai mon ame à des ravissements
Qui passaient les transports des plus heureux amants.
Jugez de leur excès : je rencontrai Valère,
Et, contre sa coutume, il ne put me déplaire ;
Il me parla d'amour sans me donner d'ennui :
Je ne m'aperçus pas que je parlais à lui ;
Je ne lui pus montrer de mépris ni de glace :
Tout ce que je voyais me semblait Curiace ;
Tout ce qu'on me disait me parlait de ses feux ;
Tout ce que je disais l'assurait de mes vœux.
Le combat général aujourd'hui se hasarde ;
J'en sus hier la nouvelle, et je n'y pris pas garde ;
Mon esprit rejetait ces funestes objets,
Charmé des doux pensers d'hymen et de la paix.
La nuit a dissipé des erreurs si charmantes :
Mille songes affreux, mille images sanglantes,
Ou plutôt mille amas de carnage et d'horreur,
M'ont arraché ma joie, et rendu ma terreur,
J'ai vu du sang, des morts, et n'ai rien vu de suite ;
Un spectre en paraissant prenait soudain la fuite ;
Ils s'effaçaient l'un l'autre ; et chaque illusion
Redoublait mon effroi par sa confusion.

JULIE.

C'est en contraire sens qu'un songe s'interprète.

CAMILLE.

Je le dois croire ainsi, puisque je le souhaite ;
Mais je me trouve enfin, malgré tous mes souhaits,
Au jour d'une bataille, et non pas d'une paix.

JULIE.

Par là finit la guerre et la paix lui succède.

CAMILLE.

Dure à jamais le mal, s'il y faut ce remède
Soit que Rome y succombe, ou qu'Albe ait le dessous,
Cher amant, n'attends plus d'être un jour mon époux ;

Jamais, jamais ce nom ne sera pour un homme
Qui soit ou le vainqueur ou l'esclave de Rome.
    Mais quel objet nouveau se présente en ces lieux?
Est-ce toi, Curiace? en croirai-je mes yeux?

SCÈNE III.

CURIACE, CAMILLE, JULIE.

CURIACE.

N'en doutez point, Camille et revoyez un homme
Qui n'est ni le vainqueur, ni l'esclave de Rome :
Cessez d'appréhender de voir rougir mes mains
Du poids honteux des fers ou du sang des Romains.
J'ai cru que vous aimiez assez Rome et la gloire
Pour mépriser ma chaîne et haïr ma victoire;
Et comme également en cette extrémité
Je craignais la victoire et la captivité....

CAMILLE.

Curiace, il suffit, je devine le reste :
Tu fuis une bataille à tes yeux si funeste
Et ton cœur, tout à moi, pour ne me perdre pas,
Dérobe à ton pays le secours de ton bras.
Qu'un autre considère ici ta renommée,
Et te blâme, s'il veut, de m'avoir trop aimée,
Ce n'est point à Camille à t'en mésestimer;
Plus ton amour paraît, plus elle doit t'aimer;
Et, si tu dois beaucoup aux lieux qui t'ont vu naître,
Plus tu quittes pour moi, plus tu le fais paraître.
Mais as-tu vu mon père? et peut-il endurer
Qu'ainsi dans ta maison tu t'oses retirer?
Ne préfère-t-il point l'état à sa famille?
Ne regarde-t-il point Rome plus que sa fille?
Enfin notre bonheur est-il bien affermi?
T'a-t-il vu comme gendre, ou bien comme ennemi?

CURIACE.

Il m'a vu comme gendre, avec une tendresse
Qui témoignait assez une entière alégresse;
Mais il ne m'a point vu, par une trahison,
Indigne de l'honneur d'entrer dans sa maison.

Je n'abandonne point l'intérêt de ma ville ;
J'aime encor mon honneur en adorant Camille.
Tant qu'a duré la guerre, on m'a vu constamment
Aussi bon citoyen que véritable amant.
D'Albe avec mon amour j'accordais la querelle ;
Je soupirais pour vous en combattant pour elle ;
Et, s'il fallait encor que l'on en vînt aux coups,
Je combattrais pour elle en soupirant pour vous.
Oui, malgré les désirs de mon ame charmée,
Si la guerre durait, je serais dans l'armée :
C'est la paix qui chez vous me donne un libre accès,
La paix à qui nos feux doivent ce beau succès.

CAMILLE.

La paix ! Et le moyen de croire un tel miracle

JULIE.

Camille, pour le moins croyez-en votre oracle ;
Et sachons pleinement par quels heureux effets
L'heure d'une bataille a produit cette paix.

CURIACE.

L'aurait-on jamais cru ? Déjà les deux armées,
D'une égale chaleur au combat animées,
Se menaçaient des yeux, et, marchant fièrement,
N'attendaient pour donner que le commandement :
Quand notre dictateur devant les rangs s'avance,
Demande à votre prince un moment de silence ;
Et l'ayant obtenu : « Que faisons-nous, Romains ?
» Dit-il, et quel démon nous fait venir aux mains
» Souffrons que la raison éclaire enfin nos ames :
» Nous sommes vos voisins, nos filles sont vos femmes
» Et l'hymen nous a joints par tant et tant de nœuds,
» Qu'il est peu de nos fils qui ne soient vos neveux ;
» Nous ne sommes qu'un sang et qu'un peuple en deux
» Pourquoi nous déchirer par des guerres civiles, [villes :
» Où la mort des vaincus affaiblit les vainqueurs,
» Et le plus beau triomphe est arrosé de pleurs ?
» Nos ennemis communs attendent avec joie
» Qu'un des partis défait leur donne l'autre en proie,
» Lassé, demi-rompu, vainqueur, mais, pour tout fruit,
» Dénué d'un secours par lui-même détruit.

» Ils ont assez longtemps joui de nos divorces :
» Contre eux dorénavant joignons toutes nos forces,
» Et noyons dans l'oubli ces petits différents
» Qui de si bons guerriers font de mauvais parents.
» Que si l'ambition de commander aux autres
» Fait marcher aujourd'hui vos troupes et les nôtres,
» Pourvu qu'à moins de sang nous voulions l'apaiser,
» Elle nous unira, loin de nous diviser.
» Nommons des combattants pour la cause commune ;
» Que chaque peuple aux siens attache sa fortune ;
» Et, suivant ce que d'eux ordonnera le sort,
» Que le faible parti prenne loi du plus fort :
» Mais sans indignité pour des guerriers si braves,
» Qu'ils deviennent sujets sans devenir esclaves,
» Sans honte, sans tribut, et sans autre rigueur
» Que de suivre en tous lieux les drapeaux du vainqueur.
» Ainsi nos deux états ne feront qu'un empire. »
Il semble qu'à ces mots notre discorde expire :
Chacun jetant les yeux dans un rang ennemi,
Reconnaît un beau-frère, un cousin, un ami ;
Ils s'étonnent comment leurs mains, de sang avides,
Volaient, sans y penser, à tant de parricides,
Et font paraître un front couvert tout à la fois
D'horreur pour la bataille, et d'ardeur pour ce choix.
Enfin l'offre s'accepte, et la paix désirée
Sous ces conditions est aussitôt jurée :   [choisir,
Trois combattront pour tous ; mais, pour les mieux
Nos chefs ont voulu prendre un peu plus de loisir :
Le vôtre est au sénat, le nôtre dans sa tente.

CAMILLE.

O dieux ! que ce discours rend mon ame contente !

CURIACE.

Dans deux heures au plus, par un commun accord,
Le sort de nos guerriers règlera notre sort.
Cependant tout est libre, attendant qu'on les nomme.
Rome est dans notre camp, et notre camp dans Rome ;
D'un et d'autre côté l'accès étant permis,
Chacun va renouer avec ses vieux amis.
Pour moi, ma passion m'a fait suivre vos frères ;
Et mes désirs ont eu des succès si prospères,

Que l'auteur de vos jours m'a promis à demain
Le bonheur sans pareil de vous donner la main.
Vous ne deviendrez pas rebelle à sa puissance?

CAMILLE.

Le devoir d'une fille est dans l'obéissance.

CURIACE.

Venez donc recevoir ce doux commandement,
Qui doit mettre le comble à mon contentement.

CAMILLE.

Je vais suivre vos pas, mais pour revoir mes frères,
Et savoir d'eux encor la fin de nos misères.

JULIE.

Allez, et cependant au pied de nos autels
J'irai rendre pour vous graces aux immortels.

FIN DU PREMIER ACTE.

ACTE II.

SCÈNE PREMIÈRE.

HORACE, CURIACE.

CURIACE.

Ainsi Rome n'a point séparé son estime;
Elle eût cru faire ailleurs un choix illégitime:
Cette superbe ville en vos frères et vous
Trouve les trois guerriers qu'elle préfère à tous;
Et son illustre ardeur d'oser plus que les autres
D'une seule maison brave toutes les nôtres:
Nous croirons, à la voir tout entière en vos mains,
Que hors les fils d'Horace il n'est point de Romains.
Ce choix pouvait combler trois familles de gloire,
Consacrer hautement leurs noms à la mémoire:
Oui, l'honneur que reçoit la vôtre par ce choix
En pouvait à bon titre immortaliser trois;
Et puisque c'est chez vous que mon heur et ma flamme
M'ont fait placer ma sœur et choisir une femme,
Ce que je vais vous être et ce que je vous suis
Me font y prendre part autant que je le puis;
Mais un autre intérêt tient ma joie en contrainte,
Et parmi ses douleurs mêle beaucoup de crainte:
La guerre en tel éclat a mis votre valeur,
Que je tremble pour Albe et prévois son malheur:
Puisque vous combattez, sa perte est assurée;
En vous faisant nommer, le destin l'a jurée.
Je vois trop dans ce choix ses funestes projets,
Et me compte déjà pour un de vos sujets.

HORACE.

Loin de trembler pour Albe, il vous faut plaindre Rome,
Voyant ceux qu'elle oublie, et les trois qu'elle nomme.
C'est un aveuglement pour elle bien fatal
D'avoir tant à choisir, et de choisir si mal.

Mille de ses enfants, beaucoup plus dignes d'elle,
Pouvaient bien mieux que nous soutenir sa querelle :
Mais quoique ce combat me promette un cercueil,
La gloire de ce choix m'enfle d'un juste orgueil ;
Mon esprit en conçoit une mâle assurance ;
J'ose espérer beaucoup de mon peu de vaillance ;
Et du sort envieux quels que soient les projets,
Je ne me compte point pour un de vos sujets.
Rome a trop cru de moi ; mais mon ame ravie
Remplira son attente, ou quittera la vie.
Qui veut mourir, ou vaincre, est vaincu rarement ;
Ce noble désespoir périt malaisément.
Rome, quoi qu'il en soit, ne sera point sujette,
Que mes derniers soupirs n'assurent sa défaite.

CURIACE.

Hélas ! c'est bien ici que je dois être plaint.
Ce que veut mon pays, mon amitié le craint.
Dures extrémités, de voir Albe asservie,
Ou sa victoire au prix d'une si chère vie,
Et que l'unique bien où tendent ses désirs
S'achète seulement par vos derniers soupirs !
Quels vœux puis-je former ? et quel bonheur attendre ?
De tous les deux côtés j'ai des pleurs à répandre ;
De tous les deux côtés mes désirs sont trahis.

HORACE.

Quoi ! vous me pleureriez mourant pour mon pays !
Pour un cœur généreux ce trépas a des charmes ;
La gloire qui le suit ne souffre point de larmes ;
Et je le recevrais en bénissant mon sort,
Si Rome et tout l'état perdaient moins en ma mort.

CURIACE.

A vos amis pourtant permettez de le craindre ;
Dans un si beau trépas ils sont les seuls à plaindre.
La gloire en est pour vous, et la perte est pour eux ;
Il vous fait immortel, et les rend malheureux :
On perd tout quand on perd un ami si fidèle.
Mais Flavian m'apporte ici quelque nouvelle.

SCENE II.

HORACE, CURIACE, FLAVIAN.

CURIACE.

Albe de trois guerriers a-t-elle fait le choix ?

FLAVIAN.

Je viens pour vous l'apprendre.

CURIACE.

> Eh bien, qui sont les trois ?

FLAVIAN.

Vos deux frères et vous.

CURIACE.

> Qui ?

FLAVIAN.

> Vous et vos deux frères.
Mais pourquoi ce front triste et ces regards sevères ?
Ce choix vous déplaît-il ?

CURIACE.

> Non, mais il me surprend ;
Je m'estimais trop peu pour un honneur si grand.

FLAVIAN.

Dirai-je au dictateur, dont l'ordre ici m'envoie,
Que vous le recevez avec si peu de joie ?
Ce morne et froid accueil me surprend à mon tour.

CURIACE.

Dis-lui que l'amitié, l'alliance et l'amour,
Ne pourront empêcher que les trois Curiaces
Ne servent leur pays contre les trois Horaces.

FLAVIAN.

Contre eux ! Ah ! c'est beaucoup me dire en peu de mots.

CURIACE.

Porte-lui ma réponse, et nous laisse en repos.

SCÈNE III.

HORACE, CURIACE.

CURIACE.

Que désormais le ciel, les enfers et la terre,
Unissent leurs fureurs à nous faire la guerre,
Que les hommes, les dieux, les démons et le sort,
Préparent contre nous un général effort ;
Je mets à faire pis, en l'état où nous sommes,
Le sort, et les démons, et les dieux, et les hommes.
Ce qu'ils ont de cruel, et d'horrible et d'affreux, (deux.
L'est bien moins que l'honneur qu'on nous fait à tous

HORACE.

Le sort, qui de l'honneur nous ouvre la barrière,
Offre à notre constance une illustre matière ;
Il épuise sa force à former un malheur,
Pour mieux se mesurer avec notre valeur ;
Et comme il voit en nous des ames peu communes,
Hors de l'ordre commun il nous fait des fortunes.
Combattre un ennemi pour le salut de tous,
Et contre un inconnu s'exposer seul aux coups,
D'une simple vertu c'est l'effet ordinaire,
Mille déjà l'ont fait, mille pourraient le faire ;
Mourir pour le pays est un si digne sort,
Qu'on briguerait en foule une si belle mort.
Mais vouloir au public immoler ce qu'on aime,
S'attacher au combat contre un autre soi-même,
Attaquer un parti qui prend pour défenseur
Le frère d'une femme et l'amant d'une sœur,
Et, rompant tous ces nœuds, s'armer pour la patrie
Contre un sang qu'on voudrait racheter de sa vie ;
Une telle vertu n'appartenait qu'à nous.
L'éclat de son grand nom lui fait peu de jaloux,
Et peu d'hommes au cœur l'ont assez imprimée
Pour oser aspirer à tant de renommée.

CURIACE.

Il est vrai que nos noms ne sauraient plus périr.
L'occasion est belle, il nous la faut chérir :

Nous serons les miroirs d'une vertu bien rare :
Mais votre fermeté tient un peu du barbare ;
Peu, même des grands cœurs, tireraient vanité
D'aller par ce chemin à l'immortalité :
A quelque prix qu'on mette un telle fumée,
L'obscurité vaut mieux que tant de renommée.
   Pour moi, je l'ose dire, et vous l'avez pu voir,
Je n'ai point consulté pour suivre mon devoir ;
Notre longue amitié, l'amour, ni l'alliance,
N'ont pu mettre un moment mon esprit en balance ;
Et puisque par ce choix Albe montre en effet
Qu'elle m'estime autant que Rome vous a fait,
Je crois faire pour elle autant que vous pour Rome :
J'ai le cœur aussi bon, mais enfin je suis homme :
Je vois que votre honneur demande tout mon sang ;
Que tout le mien consiste à vous percer le flanc,
Près d'épouser la sœur, qu'il faut tuer le frère,
Et que pour mon pays j'ai le sort si contraire.
Encor qu'à mon devoir je coure sans terreur,
Mon cœur s'en effarouche, et j'en frémis d'horreur ;
J'ai pitié de moi-même, et jette un œil d'envie
Sur ceux dont notre guerre a consumé la vie,
Sans souhait toutefois de pouvoir reculer.
Ce triste et fier honneur m'émeut sans m'ébranler :
J'aime ce qu'il me donne, et je plains ce qu'il m'ôte ;
Et si Rome demande une vertu plus haute,
Je rends graces aux dieux de n'être pas Romain,
Pour conserver encor quelque chose d'humain,

HORACE.

Si vous n'êtes Romain, soyez digne de l'être ;
Et si vous m'égalez, faites le mieux paraître.
   La solide vertu dont je fais vanité
N'admet point de faiblesse avec sa fermeté ;
Et c'est mal de l'honneur entrer dans la carrière
Que dès le premier pas regarder en arrière.
Notre malheur est grand, il est au plus haut point ;
Je l'envisage entier ; mais je n'en frémis point :
Contre qui que ce soit que mon pays m'emploie,
J'accepte aveuglément cette gloire avec joie :

Celle de recevoir de tels commandements
Doit étouffer en nous tous autres sentiments.
Qui, près de le servir, considère autre chose,
A faire ce qu'il doit lâchement se dispose ;
Ce droit saint et sacré rompt tout autre lien.
Rome a choisi mon bras, je n'examine rien.
Avec une allégresse aussi pleine et sincère
Que j'épousai la sœur, je combattrai le frère ;
Et, pour trancher enfin ces discours superflus,
Albe vous a nommé, je ne vous connais plus.

CURIACE.

Je vous connais encore, et c'est ce qui me tue ;
Mais cette âpre vertu ne m'était pas connue ;
Comme notre malheur elle est au plus haut point :
Souffrez que je l'admire et ne l'imite point.

HORACE.

Non, non, n'embrassez pas de vertu par contrainte ;
Et puisque vous trouvez plus de charme à la plainte,
En toute liberté goûtez un bien si doux.
Voici venir ma sœur pour se plaindre avec vous.
Je vais revoir la vôtre, et résoudre son ame
A se bien souvenir qu'elle est toujours ma femme,
A vous aimer encor, si je meurs par vos mains,
Et prendre en son malheur des sentiments romains.

SCÈNE IV.

CAMILLE, HORACE, CURIACE.

HORACE.

Avez-vous su l'état qu'on fait de Curiace,
Ma sœur ?

CAMILLE.

Hélas ! mon sort a bien changé de face.

HORACE.

Armez-vous de constance, et montrez-vous ma sœur ;
Et si par mon trépas il retourne vainqueur,
Ne le recevez point en meurtrier d'un frère.
Mais en homme d'honneur qui fait ce qu'il doit faire,

Qui sert bien son pays, et sait montrer à tous,
Par sa haute vertu, qu'il est digne de vous.
Comme si je vivais, achevez l'hymenée.
Mais si ce fer aussi tranche sa destinée,
Faites à ma victoire un pareil traitement,
Ne me reprochez point la mort de votre amant.
Vos larmes vont couler, et votre cœur se presse,
Consumez avec lui toute cette faiblesse,
Querellez ciel et terre, et maudissez le sort;
Mais après le combat ne pensez plus au mort.
       (à Curiace)
Je ne vous laisserai qu'un moment avec elle,
Puis nous irons ensemble où l'honneur nous appelle.

SCÈNE V.

CURIACE, CAMILLE.

CAMILLE.

Iras-tu, Curiace? et ce funeste honneur
Te plaît-il aux dépens de tout notre bonheur?

CURIACE.

Hélas! je vois trop bien qu'il faut, quoi que je fasse,
Mourir ou de douleur, ou de la main d'Horace.
Je vais comme au supplice à cet illustre emploi;
Je maudis mille fois l'état qu'on fait de moi;
Je hais cette valeur qui fait qu'Albe m'estime;
Ma flamme au désespoir passe jusques au crime,
Elle se prend au ciel, et l'ose quereller.
Je vous plains, je me plains; mais il y faut aller.

CAMILLE.

Non, je te connais mieux, tu veux que je te prie,
Et qu'ainsi mon pouvoir t'excuse à ta patrie.
Tu n'es que trop fameux par tes autres exploits;
Albe a reçu par eux tout ce que tu lui dois.
Autre n'a mieux que toi soutenu cette guerre;
Autre de plus de morts n'a couvert notre terre:
Ton nom ne peut plus croître, il ne lui manque rien;
Souffre qu'un autre ici puisse ennoblir le sien,

CURIACE.

Que je souffreà mes yeux qu'on ceigne une autre tête
Des lauriers immortels que la gloire m'apprête,
Ou que tout mon pays reproche à ma vertu
Qu'il aurait triomphé si j'avais combattu,
Et que sous mon amour ma valeur endormie
Couronne tant d'exploits d'une telle infamie !
Non, Albe, après l'honneur que j'ai reçu de toi,
Tu ne succomberas ni vaincras que par moi ;
Tu m'as commis ton sort, je t'en rendrai bon compte ;
Je vivrai sans reproche, ou périrai sans honte.

CAMILLE.

Quoi ! tu ne veux pas voir qu'ainsi tu me trahis !

CURIACE.

Avant que d'être à vous, je suis à mon pays.

CAMILLE.

Mais te priver pour lui toi—même d'un beau-frère,
Ta sœur de son mari !

CURIACE.

　　　　　Telle est notre misère ;
Le choix d'Albe et de Rome ôte toute douceur
Aux noms jadis si doux de beau-frère et de sœur.

CAMILLE.

Tu pourras donc, cruel, me présenter sa tête,
Et demander ma main pour prix de ta conquête !

CURIACE.

Il n'y faut plus penser ; en l'état où je suis,
Vous aimer sans espoir, c'est tout ce que je puis
Vous en pleurez, Camille !

CAMILLE.

　　　　　　Il faut bien que je pleure :
Mon insensible amant ordonne que je meure ;
Et quand l'hymen pour nous allume son flambeau,
Il l'éteint de sa main pour m'ouvrir le tombeau.
Ce cœur impitoyable à ma perte s'obstine,
Et dit qu'il m'aime encore alors qu'il m'assassine.

CURIACE.

Que les pleurs d'une amante ont de puissants discours
Et qu'un bel œil est fort avec un tel secours!
Que mon cœur s'attendrit à cette triste vue!
Ma constance contre elle à regret s'évertue.
N'attaquez plus ma gloire avec tant de douleurs,
Et laissez-moi sauver ma vertu de vos pleurs;
Je sens qu'elle chancelle et défend mal la place.
Plus je suis votre amant, moins je suis Curiace.
Faible d'avoir déjà combattu l'amitié,
Vaincrait-elle à la fois l'amour et la pitié?
Allez, ne m'aimez plus, ne versez plus de larmes,
Ou j'oppose l'offense à de si fortes armes;
Je me défendrai mieux contre votre courroux,
Et, pour le mériter, je n'ai plus d'yeux pour vous :
Vengez-vous d'un ingrat, punissez un volage.
Vous ne vous montrez point sensible à cet outrage!
Je n'ai plus d'yeux pour vous, vous en avez pour moi!
En faut-il plus encor? je renonce à ma foi.
   Rigoureuse vertu dont je suis la victime,
Ne peux-tu résister sans le secours d'un crime?

CAMILLE.

Ne fais point d'autre crime, et j'atteste les dieux
Qu'au lieu de t'en haïr, je t'en aimerai mieux;
Oui, je te chérirai, tout ingrat et perfide,
Et cesse d'aspirer au nom de fratricide.
Pourquoi suis-je Romaine, ou que n'es-tu Romain?
Je te préparerais des lauriers de ma main;
Je t'encouragerais, au lieu de te distraire;
Et je te traiterais comme j'ai fait mon frère.
Hélas! j'étais aveugle en mes vœux aujourd'hui,
J'en ai fait contre toi quand j'en ai fait pour lui.
Il revient, quel malheur, si l'amour de sa femme
Ne peut non plus sur lui que le mien sur ton ame!

SCÈNE VI.

HORACE, SABINE, CURIACE, CAMILLE.

CURIACE.

Dieu! Sabine le suit! Pour ébranler mon cœur,
Est-ce peu de Camille? y joignez-vous ma sœur?

Et, laissant à ses pleurs vaincre ce grand courage,
L'amenez-vous ici chercher même avantage ?

SABINE.

Non, non, mon frère, non, je ne viens en ce lieu
Que pour vous embrasser et pour vous dire adieu.
Votre sang est trop bon, n'en craignez rien de lâche,
Rien dont la fermeté de ces grands cœurs se fâche :
Si ce malheur illustre ébranlait l'un de vous,
Je le désavouerais pour frère ou pour époux.
Pourrais-je toutefois vous faire une prière
Digne d'un tel époux, et digne d'un tel frère?
Je veux d'un coup si noble ôter l'impiété,
A l'honneur qui l'attend rendre sa pureté,
La mettre en son éclat sans mélange de crimes ;
Enfin, je vous veux faire ennemis légitimes.
Du saint nœud qui vous joint je suis le seul lien :
Quand je ne serai plus, vous ne serez plus rien.
Brisez votre alliance, et rompez-en la chaîne ;
Et, puisque votre honneur veut des effets de haine,
Achetez par ma mort le droit de vous haïr :
Albe le veut, et Rome ; il faut leur obéir.
Qu'un de vous deux me tue, et que l'autre me venge :
Alors votre combat n'aura plus rien d'étrange ;
Et du moins l'un des deux sera juste agresseur,
Ou pour venger sa femme, ou pour venger sa sœur.
Mais, quoi ! vous souilleriez une gloire si belle :
Si vous vous animiez par quelque autre querelle :
Le zèle du pays vous défend de tels soins ;
Vous feriez peu pour lui si vous vous étiez moins.
Il lui faut, et sans haine, immoler un beau-frère,
Ne différez donc plus ce que vous devez faire ;
Commencez par sa sœur à répandre son sang,
Commencez par sa femme à lui percer le flanc,
Commencez par Sabine à faire de vos vies
Un digne sacrifice à vos chères patries :
Vous êtes ennemis en ce combat fameux,
Vous d'Albe, vous de Rome, et moi de toutes deux.
Quoi ! me réservez-vous à voir une victoire
Où, pour haut appareil d'une pompeuse gloire,

Je verrai les lauriers d'un frère ou d'un mari
Fumer encor d'un sang que j'aurai tant chéri ?
Pourrai-je entre vous deux régler alors mon ame,
Satisfaire aux devoirs et de sœur et de femme,
Embrasser le vainqueur en pleurant le vaincu ?
Non, non, avant ce coup Sabine aura vécu :
Ma mort le préviendra, de qui que je l'obtienne ;
Le refus de vos mains y condamne la mienne.
Sus donc, qui vous retient ? Allez, cœurs inhumains,
J'aurai trop de moyens pour y forcer vos mains ;
Vous ne les aurez point au combat occupées,
Que ce corps au milieu n'arrête vos épées ;
Et, malgré vos refus, il faudra que leurs coups
Se fassent jour ici pour aller jusqu'à vous.

HORACE.

O ma femme !

CURIACE.

O ma sœur !

CAMILLE.

Courage ! ils s'amollissent.

SABINE.

Vous poussez des soupirs, vos visages pâlissent !
Quelle peur vous saisit ? Sont-ce là ces grands cœurs,
Ces héros qu'Albe et Rome ont pris pour défenseurs ?

HORACE.

Que t'ai-je fait, Sabine ? et quelle est mon offense
Qui t'oblige à chercher une telle vengeance ?
Que t'a fait mon honneur ? et par quel droit viens-tu
Avec toute ta force attaquer ma vertu ?
Du moins contente-toi de l'avoir étonnée,
Et me laisse achever cette grande journée.
Tu me viens de réduire en un étrange point :
Aime assez ton mari pour n'en triompher point,
Va-t'en, et ne rends plus la victoire douteuse ;
La dispute déjà m'en est assez honteuse :
Souffre qu'avec honneur je termine mes jours.

SABINE.

Va, cesse de me craindre ; on vient à ton secours.

SCÈNE VII.

LE VIEIL HORACE, CURIACE, SABINE, CAMILLE.

LE VIEIL HORACE.

Qu'est-ce ci, mes enfans? écoutez-vous vos flammes?
Et perdez-vous encor le temps avec des femmes?
Prêts à verser du sang, regardez-vous des pleurs?
Fuyez, et laissez-les déplorer leurs malheurs.
Leurs plaintes ont pour vous trop d'art et de tendresse :
Elles vous feraient part enfin de leur faiblesse,
Et ce n'est qu'en fuyant qu'on pare de tels coups.

SABINE.

N'appréhendez rien d'eux, ils sont dignes de vous.
Malgré tous nos efforts, vous en devez attendre
Ce que vous souhaitez et d'un fils et d'un gendre :
Et si notre faiblesse ébranlait leur honneur,
Nous vous laissons ici pour leur rendre du cœur.
Allons, ma sœur, allons, ne perdons plus de larmes ;
Contre tant de vertus ce sont de faibles armes.
Ce n'est qu'au désespoir qu'il nous faut recourir.
Tigres, allez combattre ; et nous, allons mourir.

SCÈNE VIII.

LE VIEIL HORACE, HORACE, CURIACE.

HORACE.

Mon père, retenez des femmes qui s'emportent,
Et, de grace, empêchez surtout qu'elles ne sortent :
Leur amour importun viendrait avec éclat
Par des cris et des pleurs troubler notre combat ;
Et ce qu'elles nous sont ferait qu'avec justice
On nous imputerait ce mauvais artifice ;
L'honneur d'un si beau choix serait trop acheté,
Si l'on nous soupçonnait de quelque lâcheté.

LE VIEIL HORACE.

J'en aurai soin. Allez : vos frères vous attendent ;
Ne pensez qu'aux devoirs que vos pays demandent.

CURIACE.

Quel adieu vous dirai-je? et par quels sentimens....

LE VIEIL HORACE.

Ah! n'attendrissez point ici mes sentiments ;
Pour vous encourager ma voix manque de termes ;
Mon cœur ne forme point de pensers assez fermes ;
Moi-même en cet adieu j'ai les larmes aux yeux.
Faites votre devoir, et laissez faire aux dieux.

FIN DU DEUXIÈME ACTE.

ACTE III.

SCÈNE PREMIÈRE.

SABINE.

Prenons parti, mon ame, en de telles disgraces;
Soyons femme d'Horace, ou sœur des Curiaces;
Cessons de partager nos inutiles soins;
Souhaitons quelque chose, et craignons un peu moins.
Mais, las! quel parti prendre en un sort si contraire?
Quel ennemi choisir, d'un époux, ou d'un frère?
La nature ou l'amour parle pour chacun d'eux,
Et la loi du devoir m'attache à tous les deux.
Sur leurs hauts sentiments réglons plutôt les nôtres;
Soyons femme de l'un ensemble et sœur des autres;
Regardons leur honneur comme un souverain bien;
Imitons leur constance, et ne craignons plus rien :
La mort qui les menace est une mort si belle,
Qu'il en faut sans frayeur attendre la nouvelle.
N'appelons point alors les destins inhumains;
Songeons pour quelle cause, et non par quelles mains;
Revoyons les vainqueurs, sans penser qu'à la gloire
Que toute leur maison reçoit de leur victoire :
Et, sans considérer aux dépens de quel sang
Leur vertu les élève en cet illustre rang,
Faisons nos intérêts de ceux de leur famille :
En l'une je suis femme, en l'autre je suis fille;
Et tiens à toutes deux par de si forts liens,
Qu'on ne peut triompher que par les bras des miens.
Fortune, quelques maux que ta rigueur m'envoie,
J'ai trouvé les moyens d'en tirer de la joie,
Et puis voir aujourd'hui le combat sans terreur,
Les morts sans désespoir, les vainqueurs sans horreur.
  Flatteuse illusion, erreur douce et grossière,
Vain effort de mon ame, impuissante lumière,
De qui le faux brillant prend droit de m'éblouir,
Que tu sais peu durer, et tôt t'évanouir!

Pareille à ces éclairs qui dans le fort des ombres
Poussent un jour qui fuit et rend les nuits plus sombres,
Tu n'as frappé mes yeux d'un moment de clarté
Que pour les abîmer dans plus d'obscurité.
Tu charmais trop ma peine, et le ciel, qui s'en fâche,
Me vend déjà bien cher ce moment de relâche.
Je sens mon triste cœur percé de tous les coups
Qui m'ôtent maintenant un frère, ou mon époux.
Quand je songe à leur mort, quoi que je me propose,
Je songe par quels bras, et non pour quelle cause,
Et ne vois les vainqueurs en leur illustre rang,
Que pour considérer aux dépens de quel sang.
La maison des vaincus touche seule mon âme;
En l'une je suis fille, en l'autre je suis femme;
Et tiens à toutes deux par de si forts liens,
Qu'on ne peut triompher que par la mort des miens.
C'est là donc cette paix que j'ai tant souhaitée!
Trop favorables dieux, vous m'avez écoutée!
Quels foudres lancez-vous quand vous vous irritez,
Si même vos faveurs ont tant de cruautés?
Et de quelle façon punissez-vous l'offense,
Si vous traitez ainsi les vœux de l'innocence?

SCÈNE II.

SABINE, JULIE.

SABINE.

En est-ce fait, Julie? et que m'apportez-vous?
Est-ce la mort d'un frère, ou celle d'un époux?
Le funeste succès de leurs armes impies
De tous les combattants a-t-il fait des hosties?
Et, m'enviant l'horreur que j'aurais des vainqueurs,
Pour tous tant qu'ils étaient demande-t-il mes pleurs!

JULIE.

Quoi! ce qui s'est passé, vous l'ignorez encore?

SABINE.

Vous faut-il étonner de ce que je l'ignore?
Et ne savez-vous point que de cette maison
Pour Camille et pour moi l'on fait une prison?

Julie, on nous renferme, on a peur de nos larmes
Sans cela nous serions au milieu de leurs armes,
Et, par les désespoirs d'une chaste amitié,
Nous aurions des deux camps tiré quelque pitié.

JULIE.

Il n'était pas besoin d'un si tendre spectacle;
Leur vue à leur combat apporte assez d'obstacle.
Sitôt qu'ils ont paru prêts à se mesurer,
On a dans les deux camps entendu murmurer:
A voir de tels amis, des personnes si proches,
Venir pour leur patrie aux mortelles approches,
L'un s'émeut de pitié, l'autre est saisi d'horreur,
L'autre d'un si grand zèle admire la fureur;
Tel porte jusqu'aux cieux leur vertu sans égale,
Et tel l'ose nommer sacrilège et brutale.
Ces divers sentiments n'ont pourtant qu'une voix;
Tous accusent leurs chefs, tous détestent leurs choix;
Et, ne pouvant souffrir un combat si barbare,
On s'écrie, on s'avance, enfin on les sépare.

SABINE.

Que je vous dois d'encens, grands dieux, qui m'exaucez!

JULIE.

Vous n'êtes pas, Sabine, encore où vous pensez:
Vous pouvez espérer, vous avez moins à craindre;
Mais il vous reste encore assez de quoi vous plaindre,
En vain d'un sort si triste on les veut garantir;
Ces cruels généreux n'y peuvent consentir:
La gloire de ce choix leur est si précieuse,
Et charme tellement leur ame ambitieuse,
Qu'alors qu'on les déplore ils s'estiment heureux,
Et prennent pour affront la pitié qu'on a d'eux.
Le trouble des deux camps souille leur renommée,
Ils combattront plutôt et l'une et l'autre armée,
Et mourront par les mains qui leur font d'autres lois
Que pas un d'eux renonce aux honneurs d'un tel choix.

SABINE.

Quoi! dans leur dureté ces cœurs d'acier s'obstinent?

JULIE.

Oui, mais d'autre côté les deux camps se mutinent,

Et leurs cris des deux parts poussés en même temps
Demandent la bataille, ou d'autres combattants.
La présence des chefs à peine est respectée,
Leur pouvoir est douteux, leur voix mal écoutée;
Le roi même s'étonne, et pour dernier effort,
« Puisque chacun, dit-il, s'échauffe en ce discord,
» Consultons des grands dieux la majesté sacrée,
» Et voyons si ce change à leurs bontés agrée.
» Quel impie osera se prendre à leur vouloir,
» Lorsqu'en un sacrifice ils nous l'auront fait voir? »
Il se tait, et ces mots semblent être des charmes;
Même aux six combattants ils arrachent les armes;
Et ce désir d'honneur qui leur ferme les yeux,
Tout aveugle qu'il est, respecte encor les dieux.
Leur plus bouillante ardeur cède à l'avis de Tulle;
Et, soit par déférence, ou par un prompt scrupule,
Dans l'une et l'autre armée on s'en fait une loi,
Comme si toutes deux le connaissaient pour roi.
Le reste s'apprendra par la mort des victimes.

SABINE.

Les dieux n'avoueront point un combat plein de crimes;
J'en espère beaucoup, puisqu'il est différé,
Et je commence à voir ce que j'ai désiré.

SCÈNE III.

CAMILLE, SABINE, JULIE.

SABINE.

Ma sœur, que je vous dise une bonne nouvelle.

CAMILLE.

Je pense la savoir, s'il faut la nommer telle;
On l'a dite à mon père, et j'étais avec lui:
Mais je n'en conçois rien qui flatte mon ennui:
Ce délai de nos maux rendra leurs coups plus rudes;
Ce n'est plus qu'un long terme à nos inquiétudes;
Et, tout l'allègement qu'il en faut espérer,
C'est de pleurer plus tard ceux qu'il faudra pleurer.

SABINE.

Les dieux n'ont pas en vain inspiré ce tumulte.

CAMILLE.

Disons plutôt, ma sœur, qu'en vain on les consulte.
Ces mêmes dieux à Tulle ont inspiré ce choix ;
Et la voix du public n'est pas toujours leur voix ;
Ils descendent bien moins dans de si bas étages ,
Que dans l'ame des rois , leurs vivantes images ,
De qui l'indépendante et sainte autorité
Est un rayon secret de leur divinité.

JULIE.

C'est vouloir sans raison vous former des obstacles ,
Que de chercher leur voix ailleurs qu'en leurs oracles ;
Et vous ne vous pouvez figurer tout perdu ,
Sans démentir celui qui vous fut hier rendu.

CAMILLE.

Un oracle jamais ne se laisse comprendre ;
On l'entend d'autant moins que plus on croit l'entendre;
Et , loin de s'assurer sur un pareil arrêt ;
Qui n'y voit rien d'obscur doit croire que tout l'est.

SABINE.

Sur ce qu'il fait pour nous prenons plus d'assurance ,
Et souffrons les douceurs d'une juste espérance.
Quand la faveur du ciel ouvre à demi ses bras ,
Qui ne s'en promet rien ne la mérite pas ;
Il empêche souvent qu'elle ne se déploie ;
Et lorsqu'elle descend , son refus la renvoie.

CAMILLE.

Le ciel agit sans nous en ces évènements ,
Et ne les règle point dessus nos sentiments.

JULIE.

Il ne vous a fait peur que pour vous fairé grace.
Adieu : je vais savoir comme enfin tout se passe.
Modérez vos frayeurs ; j'espère à mon retour,
Ne vous entretenir que de propos d'amour,
Et que nous n'emploierons la fin de la journée
Qu'aux doux préparatifs d'un heureux hyménée.

SABINE.

J'ose encor l'espérer.

CAMILLE.

Moi, je n'espère rien.

JULIE.

L'effet vous fera voir que nous en jugeons bien.

SCÈNE IV.

SABINE, CAMILLE.

SABINE.

Parmi nos déplaisirs souffrez que je vous blâme;
Je ne puis approuver tant de trouble en votre ame;
Que feriez-vous, ma sœur, au point où je me vois
Si vous aviez à craindre autant que je le dois,
Et si vous attendiez de leurs armes fatales
Des maux pareils aux miens, et des pertes égales?

CAMILLE.

Parlez plus sainement de vos maux et des miens :
Chacun voit ceux d'autrui d'un autre œil que les siens.
Mais, à bien regarder ceux où le ciel me plonge,
Les vôtres auprès d'eux vous sembleront un songe.
La seule mort d'Horace est à craindre pour vous.
Des freres ne sont rien à l'égal d'un époux;
L'hymen qui nous attache en une autre famille
Nous détache de celle où l'on a vécu fille;
On voit d'un œil divers des nœuds si différents,
Et pour suivre un mari l'on quitte ses parents :
Mais, si près d'un hymen, l'époux que donne un père
Nous est moins qu'un époux, et non pas moins qu'un frè-
Nos sentiments entre eux demeurent suspendus, · [re;
Notre choix impossible, et nos vœux confondus.
Ainsi, ma sœur, du moins vous avez dans vos plaintes
Où porter vos souhaits, et terminer vos craintes;
Mais, si le ciel s'obstine à nous persécuter,
Pour moi j'ai tout à craindre, et rien à souhaiter.

SABINE.

Quand il faut que l'un meure, et par les mains de l'autre,
C'est un raisonnement bien mauvais que le vôtre.

Quoique ce soient, ma sœur, des nœuds bien différents,
C'est sans les oublier qu'on quitte ses parents :
L'hymen n'efface point ces profonds caractères;
Pour aimer un mari l'on ne hait pas ses frères ;
La nature en tout temps garde ses premiers droits;
Aux dépens de leur vie on ne fait point de choix :
Aussi bien qu'un époux ils sont d'autres nous-mêmes ;
Et tous maux sont pareils alors qu'ils sont extrêmes.
Mais l'amant qui vous charme et pour qui vous brûlez
Ne vous est, après tout, que ce que vous voulez ;
Une mauvaise humeur, un peu de jalousie,
En fait assez souvent passer la fantaisie.
Ce que peut le caprice, osez-le par raison,
Et laissez votre sang hors de compassion :
C'est crime qu'opposer des liens volontaires
A ceux que la naissance a rendu nécessaires.
Si donc le ciel s'obstine à nous persécuter,
Seule j'ai tout à craindre, et rien à souhaiter ;
Mais pour vous, le devoir vous donne, dans vos plaintes,
Où porter vos souhaits, et terminer vos craintes.

CAMILLE.

Je le vois bien, ma sœur, vous n'aimâtes jamais;
Vous ne connaissez point ni l'amour ni ses traits :
On peut lui résister quand il commence à naître,
Mais non pas le bannir quand il s'est rendu maître,
Et que l'aveu d'un père, engageant notre foi,
A fait de ce tyran un légitime roi :
Il entre avec douceur, mais il règne par force;
Et, quand l'ame une fois a goûté son amorce,
Vouloir ne plus aimer, c'est ce qu'elle ne peut,
Puisqu'elle ne peut plus vouloir que ce qu'il veut :
Ses chaînes sont pour nous aussi fortes que belles.

SCÈNE V.

LE VIEIL HORACE, SABINE, CAMILLE.

LE VIEIL HORACE.

Je viens vous apporter de fâcheuses nouvelles,

Mes filles; mais en vain je voudrais vous céler
Ce qu'on ne vous saurait longtemps dissimuler :
Vos frères sont aux mains, les dieux ainsi l'ordonnent.

SABINE.

Je veux bien l'avouer, ces nouvelles m'étonnent,
Et je m'imaginais dans la divinité
Beaucoup moins d'injustice, et bien plus de bonté.
Ne nous consolez point : contre tant d'infortune
La pitié parle en vain, la raison importune.
Nous avons en nos mains la fin de nos douleurs,
Et qui veut bien mourir peut braver les malheurs.
Nous pourrions aisément faire en votre présence
De notre désespoir une fausse constance;
Mais quand on peut sans honte être sans fermeté.
L'affecter au dehors, c'est une lâcheté;
L'usage d'un tel art, nous le laissons aux hommes,
Et ne voulons passer que pour ce que nous sommes.
    Nous ne demandons point qu'un courage si fort
S'abaisse, à notre exemple, à se plaindre du sort.
Recevez sans frémir ces mortelles alarmes;
Voyez couler nos pleurs sans y mêler vos larmes;
Enfin, pour toute grace, en de tels déplaisirs,
Gardez votre constance, et souffrez nos soupirs.

LE VIEIL HORACE.

Loin de blâmer les pleurs que je vous vois répandre,
Je crois faire beaucoup de m'en pouvoir défendre,
Et cèderais peut-être à de si rudes coups
Si je prenais ici même intérêt que vous :
Non qu'Albe par son choix m'ait fait haïr vos frères,
Tous trois me sont encor des personnes bien chères :
Mais enfin l'amitié n'est pas de même rang,
Et n'a point les effets de l'amour ni du sang;
Je ne sens point pour eux la douleur qui tourmente
Sabine comme sœur, Camille comme amante :
Je puis les regarder comme nos ennemis,
Et donne sans regrets mes souhaits à mes fils.
Ils sont, graces aux dieux, dignes de leur patrie;
Aucun étonnement n'a leur gloire flétrie;
Et j'ai vu leur honneur croître de la moitié
Quand ils ont des deux camps refusé la pitié.

Si par quelque faiblesse ils l'avaient mendiée,
Si leur haute vertu ne l'eût répudiée,
Ma main bientôt sur eux m'eût vengé hautement
De l'affront que m'eût fait ce mol consentement.
Mais lorsqu'en dépit d'eux on en a voulu d'autres,
Je ne le cède point, j'ai joint mes vœux aux vôtres.
Si le ciel pitoyable eût écouté ma voix,
Albe serait réduite à faire un autre choix ;
Nous pourrions voir tantôt triompher les Horaces
Sans voir leurs bras souillés du sang des Curiaces,
Et de l'évènement d'un combat plus humain
Dépendrait maintenant l'honneur du nom romain.
La prudence des dieux autrement en dispose ;
Sur leur ordre éternel mon esprit se repose :
Il s'arme en ce besoin de générosité,
Et du bonheur public fait sa félicité.
Tâchez d'en faire autant pour soulager vos peines,
Et songez toutes deux que vous êtes Romaines :
Vous l'êtes devenue, et vous l'êtes encor ;
Un si glorieux titre est digne d'un trésor.
Un jour, un jour viendra que par toute la terre
Rome se fera craindre à l'égal du tonnerre,
Et que tout l'univers tremblant dessous ses lois,
Ce grand nom deviendra l'ambition des rois :
Les dieux à notre Enée ont promis cette gloire.

SCÈNE VI.

LE VIEIL HORACE, SABINE, CAMILLE, JULIE.

LE VIEIL HORACE.

Nous venez-vous, Julie, apprendre la victoire ?

JULIE.

Mais plutôt du combat les funestes effets.
Rome est sujette d'Albe, et vos fils sont défaits ;
Des trois les deux sont morts, son époux seul vous reste.

LE VIEIL HORACE.

O d'un triste combat effet vraiment funeste !

Rome est sujette d'Albe : et pour l'en garantir
Il n'a pas employé jusqu'au dernier soupir !
Non, non, cela n'est point ; on vous trompe, Julie ;
Rome n'est point sujette, ou mon fils est sans vie :
Je connais mieux mon sang, il sait mieux son devoir.

JULIE.

Mille de nos remparts comme moi l'ont pu voir.
Il s'est fait admirer tant qu'ont duré ses frères ;
Mais comme il s'est vu seul contre trois adversaires,
Près d'être enfermé d'eux, sa fuite l'a sauvé.

LE VIEIL HORACE.

Et nos soldats trahis ne l'ont point achevé !
Dans leurs rangs à ce lâche ils ont donné retraite !

JULIE.

Je n'ai rien voulu voir après cette défaite.

CAMILLE.

O mes frères !

LE VIEIL HORACE.

   Tout beau ne les pleurez pas tous :
Deux jouissent d'un sort dont leur père est jaloux.
Que des plus nobles fleurs leur tombe soit couverte ;
La gloire de leur mort m'a payé de leur perte ·
Ce honheur a suivi-leur courage invaincu,
Qu'ils ont vu Rome libre autant qu'ils ont vécu,
Et ne l'auront point vue obéir qu'à son prince,
Ni d'un état voisin devenir la province.
Pleurez l'autre, pleurez l'irréparable affront
Que sa fuite honteuse imprime à notre front ;
Pleurez le déshonneur de toute notre race,
Et l'opprobre éternel qu'il laisse au nom d'Horace.

JULIE.

Que vouliez-vous qu'il fît contre trois?

LE VIEIL HORACE.

        Qu'il mourût,
Ou qu'un beau désespoir alors le secourût.
N'eût-il que d'un moment reculé sa défaite,
Rome eût été du moins un peu plus tard sujette ;

Il eût avec honneur laissé mes cheveux gris,
Et c'était de sa vie un assez digne prix.
Il est de tout son sang comptable à sa patrie;
Chaque goutte épargnée à sa gloire flétrie;
Chaque instant de sa vie, après ce lâche tour,
Met d'autant plus ma honte avec la sienne au jour.
J'en romprai bien le cours, et ma juste colère,
Contre un indigne fils usant des droits d'un père,
Saura bien faire voir, dans sa punition,
L'éclatant désaveu d'une telle action.

SABINE.

Écoutez un peu moins ces ardeurs généreuses,
Et ne nous rendez point tout à fait malheureuses.

LE VIEIL HORACE.

Sabine votre cœur se console aisément;
Nos malheurs jusqu'ici vous touchent faiblement.
Vous n'avez point encore de part à nos misères;
Le ciel vous a sauvé votre époux et vos frères :
Si nous sommes sujets, c'est de votre pays :
Vos frères sont vainqueurs quand nous sommes trahis;
Et voyant le haut point où leur gloire se monte,
Vous regardez fort peu ce qui vous vient de honte.
Mais votre trop d'amour pour cet infame époux
Vous donnera bientôt à plaindre comme à nous :
Vos pleurs en sa faveur sont de faibles défenses;
J'atteste des grands dieux les suprêmes puissances
Qu'avant ce jour fini, ces mains, ces propres mains
Laveront dans son sang la honte des Romains.

SABINE.

Suivons-le promptement, la colère l'emporte.
Dieu! verrons-nous toujours des malheurs de la sorte?
Nous faudra-t-il toujours en craindre de plus grands,
Et toujours redouter la main de nos parents?

FIN DU TROISIEME ACTE.

ACTE IV.

SCÈNE PREMIÈRE.

LE VIEIL HORACE, CAMILLE.

LE VIEIL HORACE.

Ne me parlez jamais en faveur d'un infame ;
Qu'il me fuie à l'égal des frères de sa femme :
Pour conserver un sang qu'il tient si précieux,
Il n'a rien fait encor s'il n'évite mes yeux.
Sabine y peut mettre ordre, ou derechef j'atteste
Le souverain pouvoir de la troupe céleste....

CAMILLE.

Ah ! mon père, prenez un plus doux sentiment ;
Vous verrez Rome même en user autrement,
Et, de quelque malheur que le ciel l'ait comblée,
Excuser la vertu sous le nombre accablée.

LE VIEIL HORACE.

Le jugement de Rome est peu pour mon regard,
Camille ; je suis père, et j'ai mes droits à part.
Je sais trop comme agit la vertu véritable :
C'est sans en triompher que le nombre l'accable ;
Et sa mâle vigueur, toujours en même point,
Succombe sous la force et ne lui cède point.
Taisez-vous, et sachons ce que nous veut Valère.

SCÈNE II.

LE VIEIL HORACE, VALERE, CAMILLE.

VALERE.

Envoyé par le roi pour consoler un père,
Et pour lui témoigner....

LE VIEIL HORACE.

        N'en prenez aucun soin :
C'est un soulagement dont je n'ai pas besoin ;

Et j'aime mieux voir morts que couverts d'infamie
Ceux que vient de m'ôter une main ennemie.
Tous deux pour leur pays sont morts en gens d'hon-
Il me suffit.   [neur;

VALERE.

                Mais l'autre est un rare bonheur ;
De tous les trois chez vous il doit tenir la place.

LE VIEIL HORACE.

Que n'a-t-on vu périr en lui le nom d'Horace !

VALERE.

Seul vous le maltraitez après ce qu'il a fait !

LE VIEIL HORACE.

C'est à moi seul aussi de punir son forfait.

VALERE.

Quel forfait trouvez-vous en sa bonne conduite?

LE VIEIL HORACE.

Quel éclat de vertu trouvez-vous en sa fuite?

VALERE.

La fuite est glorieuse en cette occasion.

LE VIEIL HORACE.

Vous redoublez ma honte et ma confusion.
Certes, l'exemple est rare et digne de mémoire
De trouver dans la fuite un chemin à la gloire !

VALERE.

Quelle confusion, et quelle honte à vous
D'avoir produit un fils qui nous conserve tous,
Qui fait triompher Rome, et lui gagne un empire!
A quels plus grands honneurs faut-il qu'un père aspire?

LE VIEIL HORACE.

Quels honneurs, quel triomphe, et quel empire enfin,
Lorsqu'Albe sous ses lois range notre destin?

VALERE.

Que parlez-vous ici d'Albe et de sa victoire?
Ignorez-vous encor la moitié de l'histoire?

LE VIEIL HORACE.

Je sais que par sa fuite il a trahi l'état.

VALERE.

Oui, s'il eût en fuyant terminé le combat ;
Mais on a bientôt vu qu'il ne fuyait qu'en homme
Qui savait ménager l'avantage de Rome.

LE VIEIL HORACE.

Quoi ! Rome donc triomphe !

VALERE.

                 Apprenez, apprenez
La valeur de ce fils qu'à tort vous condamnez.
   Resté seul contre trois, mais en cette aventure
Tous trois étant blessés, et lui seul sans blessure,
Trop faible pour eux tous, trop fort pour chacun d'eux,
Il sait bien se tirer d'un pas si hasardeux ;
Il fuit pour mieux combattre, et cette prompte ruse
Divise adroitement trois frères qu'elle abuse.
Chacun le suit d'un pas ou plus ou moins pressé,
Selon qu'il se rencontre ou plus ou moins blessé ;
Leur ardeur est égale à poursuivre sa fuite,
Mais leurs coups inégaux séparent leur poursuite.
Horace les voyant l'un de l'autre écartés,
Se retourne, et déjà les croit demi-domptés :
Il attend le premier, et c'était votre gendre.
L'autre, tout indigné qu'il ait osé l'attendre,
En vain en l'attaquant fait paraître un grand cœur,
Le sang qu'il a perdu ralentit sa vigueur.
Albe à son tour commence à craindre un sort contraire :
Elle crie au second qu'il secoure son frère ;
Il se hâte et s'épuise en efforts superflus ;
Il trouve en les joignant que son frère n'est plus.

CAMILLE.

Hélas !

VALERE.

        Tout hors d'haleine il prend pourtant sa place.
Et redouble bientôt la victoire d'Horace :
Son courage sans force est un débile appui ;
Voulant venger son frère il tombe auprès de lui.

L'air résonne des cris qu'au ciel chacun envoie ;
Albe en jette d'angoisse, et les Romains de joie.
Comme notre héros se voit près d'achever,
C'est peu pour lui de vaincre, il veut encor braver :
« J'en viens d'immoler deux aux mânes de mes frères,
» Rome aura le dernier de mes trois adversaires,
» C'est à ses intérêts que je vais l'immoler, »
Dit-il ; et tout d'un temps on le voit y voler.
La victoire entre eux deux n'était pas incertaine ;
L'Albain percé de coup ne se traînait qu'à peine,
Et, comme une victime aux marches de l'autel,
Il semblait présenter sa gorge au coup mortel :
Aussi, le reçoit-il, peu s'en faut, sans défense ;
Et son trépas de Rome établit la puissance.

LE VIEIL HORACE.

O mon fils ! ô ma joie ! ô l'honneur de nos jours !
O d'un état penchant l'inespéré secours !
Vertu digne de Rome, et sang digne d'Horace !
Appui de ton pays, et gloire de ta race !
Quand pourrai-je étouffer dans tes embrassements
L'erreur dont j'ai formé de si faux sentiments ?
Quand pourra mon amour baigner avec tendresse
Ton front victorieux de larmes d'allégresse ?

VALÈRE.

Vos caresses bientôt pourront se déployer ;
Le roi, dans un moment, vous le va renvoyer,
Et remet à demain la pompe qu'il prépare
D'un sacrifice aux dieux pour un bonheur si rare ;
Aujourd'hui seulement on s'acquitte vers eux
Par des chants de victoire et par de simples vœux.
C'est où le roi le mène, et tandis il m'envoie
Faire office vers vous de douleur et de joie ;
Mais cet office encor n'est pas assez pour lui ;
Il y viendra lui-même, et peut-être aujourd'hui ;
Il croit mal reconnaître une vertu si pure,
Si de sa propre bouche il ne vous en assure,
S'il ne vous dit chez vous combien vous doit l'état.

LE VIEIL HORACE.

De tels remerciements ont pour moi trop d'éclat ;

Et je me tiens déjà trop payé par les vôtres
Du service d'un fils, et du sang des deux autres.

LE VIEL HORACE.

Je vous devrai beaucoup pour un si bon office.

VALERE.

Il ne sait ce que c'est d'honorer à demi;
Et son sceptre arraché des mains de l'ennemi
Fait qu'il tient cet honneur qu'il lui plait de vous faire
Au dessous du mérite et du fils et du père.
Je vais lui témoigner quels nobles sentiments
La vertu vous inspire en tous vos mouvements,
Et combien vous montrez d'ardeur pour son service.

LE VIEIL HORACE.

Je vous devrai beaucoup pour un si bon office.

SCÈNE III.

LE VIEIL HORACE, CAMILLE.

LE VIEIL HORACE.

Ma fille, il n'est plus temps de répandre des pleurs;
Il sied mal d'en verser où l'on voit tant d'honneurs :
On pleure injustement des pertes domestiques,
Quand on en voit sortir des victoires publiques.
Rome triomphe d'Albe et c'est assez pour nous ;
Tous nos maux à ce prix doivent nous être doux.
En la mort d'un amant vous ne perdez qu'un homme
Dont la perte est aisée à réparer dans Rome ;
Après cette victoire, il n'est point de Romain
Qui ne soit glorieux de vous donner la main.
Il me faut à Sabine en porter la nouvelle ;
Ce coup sera sans doute assez rude pour elle,
Et ses trois frères morts par la main d'un époux
Lui donneront des pleurs bien plus justes qu'à vous ;
Mais j'espère aisément en dissiper l'orage,
Et qu'un peu de prudence, aidant son grand courage,
Fera bientôt régner sur un si noble cœur
Le généreux amour qu'elle doit au vainqueur.
Cependant étouffez cette lâche tristesse ;
Recevez-le, s'il vient, avec moins de faiblesse
Faites-vous voir sa sœur, et qu'en un même flanc
Le ciel vous a tous deux formés du même sang.

SCÈNE IV.

CAMILLE.

Oui, je lui ferai voir, par d'infaillibles marques,
Qu'un véritable amour brave la main des Parques,
Et ne prend point de lois de ces cruels tyrans
Qu'un astre injurieux nous donne pour parents.
Tu blâmes ma douleur, tu l'oses nommer lâche;
Je l'aime d'autant plus que plus elle te fâche,
Impitoyable père, et par un juste effort
Je la veux rendre égale aux rigueurs de mon sort.
En vit-on jamais un dont les rudes traverses
Prissent en moins de rien tant de faces diverses,
Qui fût doux tant de fois, et tant de fois cruel,
Et portât tant de coups avant le coup mortel?
Vit-on jamais une ame en un jour plus atteinte
De joie et de douleur, d'espérance et de crainte,
Asservie en esclave à plus d'évènements,
Et le piteux jouet de plus de changements?
Un oracle m'assure, un songe me travaille:
La paix calme l'effroi que me fait la bataille;
Mon hymen se prépare, et presque en un moment
Pour combattre mon frère on choisit mon amant;
Ce choix me désespère, et tous le désavouent,
La partie est rompue, et les dieux la renouent;
Rome semble vaincue, et seul des trois Albains
Curiace en mon sang n'a point trempé ses mains.
O dieux! sentais-je alors des douleurs trop légères
Pour le malheur de Rome et la mort de deux frères?
Et me flattais-je trop quand je croyais pouvoir
L'aimer encor sans crime, et nourrir quelque espoir?
Sa mort m'en punit bien, et la façon cruelle
Dont mon ame éperdue en reçoit la nouvelle;
Son rival me l'apprend; et, faisant à mes yeux
D'un si triste succès le récit odieux,
Il porte sur le front une allégresse ouverte,
Que le bonheur public fait bien moins que ma perte,
Et, bâtissant en l'air sur le malheur d'autrui,
Aussi bien que mon frère il triomphe de lui.

Mais ce n'est rien encore au prix de ce qui reste :
On demande ma joie en un jour si funeste ;
Il me faut applaudir aux exploits du vainqueur,
Et baiser une main qui me perce le cœur.
En un sujet de pleurs si grand, si légitime,
Se plaindre est une honte, et soupirer un crime ;
Leur brutale vertu veut qu'on s'estime heureux,
Et si l'on n'est barbaré on n'est point généreux !
Dégénérons, mon cœur, d'un si vertueux père ;
Soyons indigne sœur d'un si généreux frère :
C'est gloire de passer pour un cœur abattu,
Quand la brutalité fait la haute vertu.
Éclatez, mes douleurs ; à quoi bon vous contraindre ?
Quand on a tout perdu, que saurait-on plus craindre ?
Pour ce cruel vainqueur n'ayez point de respect ;
Loin d'éviter ses yeux, croissez à son aspect ;
Offensez sa victoire, irritez sa colère,
Et prenez, s'il se peut, plaisir à lui déplaire.
Il vient, préparons-nous à montrer constamment
Ce que doit une amante à la mort d'un amant.

SCÈNE V.

HORACE, CAMILLE, PROCULE.

(Procule porte en sa main les trois épées des Curiaces.)

HORACE.

Ma sœur, voici le bras qui venge nos deux frères,
Le bras qui rompt le cours de nos destins contraires,
Qui nous rend maîtres d'Albe ; enfin voici le bras
Qui seul fait aujourd'hui le sort de deux états ;
Vois ces marques d'honneur, ces témoins de ma gloire,
Et rends ce que tu dois à l'heur de la victoire.

CAMILLE.

Recevez donc mes pleurs, c'est ce que je lui dois.

HORACE.

Rome n'en veut point voir après de tels exploits ;
Et nos deux frères morts dans le malheur des armes
Sont trop payés de sang pour exiger des larmes :
Quand la perte est vengée, on n'a plus rien perdu.

CAMILLE.

Puisqu'ils sont satisfaits par le sang épandu,
Je cesserai pour eux de paraître affligée,
Et j'oublierai leur mort que vous avez vengée;
Mais qui me vengera de celle d'un amant
Pour me faire oublier sa perte en un moment?

HORACE.

Que dis-tu, malheureuse?

CAMILLE.

O mon cher Curiace!

HORACE.

O d'une indigne sœur insupportable audace!
D'un ennemi public dont je reviens vainqueur
Le nom est dans ta bouche et l'amour dans ton cœur!
Ton ardeur criminelle à la vengeance aspire!
Ta bouche la demande, et ton cœur la respire!
Suis moins ta passion, règle mieux tes désirs,
Ne me fais plus rougir d'entendre tes soupirs:
Tes flammes désormais doivent être étouffées,
Bannis-les de ton ame, et songe à mes trophées;
Qu'ils soient dorénavant ton unique entretien.

CAMILLE.

Donne-moi donc, barbare, un cœur comme le tien;
Et, si tu veux enfin que je t'ouvre mon ame,
Rends-moi mon Curiace, ou laisse agir ma flamme.
Ma joie et mes douleurs dépendaient de son sort;
Je l'adorais vivant, et je le pleure mort.
Ne cherche plus ta sœur où tu l'avais laissée;
Tu ne revois en moi qu'une amante offensée,
Qui, comme une furie attachée à tes pas,
Te veut incessamment reprocher son trépas.
Tigre altéré de sang, qui me défends les larmes,
Qui veux que dans sa mort je trouve encor des charmes,
Et que, jusques au ciel élevant tes exploits,
Moi-même je le tue une seconde fois!
Puissent tant de malheurs accompagner ta vie,
Que tu tombes au point de me porter envie!

Et toi bientôt souiller par quelque lâcheté
Cette gloire si chère à ta brutalité !

HORACE.

O ciel ! qui vit jamais une pareille rage?
Crois-tu donc que je sois insensible à l'outrage,
Que je souffre en mon sang ce mortel déshonneur?
Aime, aime cette mort qui fait notre bonheur,
Et préfère du moins au souvenir d'un homme
Ce que doit ta naissance aux intérêts de Rome.

CAMILLE.

Rome, l'unique objet de mon ressentiment!
Rome, à qui vient ton bras d'immoler mon amant!
Rome, qui t'a vu naître, et que ton cœur adore!
Rome enfin, que je hais parce qu'elle t'honore!
Puissent tous ses voisins ensemble conjurés
Saper ses fondements encore mal assurés !
Et, si ce n'est assez de toute l'Italie,
Que l'Orient contre elle à l'Occident s'allie;
Que cent peuples unis des bouts de l'univers
Passent, pour la détruire, et les monts et les mers!
Qu'elle-même sur soi renverse ses murailles,
Et de ses propres mains déchire ses entrailles!
Que le courroux du ciel allumé par mes vœux
Fasse pleuvoir sur elle un déluge de feux !
Puissè-je de mes yeux y voir tomber ce foudre,
Voir ses maisons en cendre, et tes lauriers en poudre.
Voir le dernier Romain à son dernier soupir,
Moi seule en être cause, et mourir de plaisir !

HORACE, *mettant l'épée à la main et poursuivant sa
sœur qui s'enfuit.*

C'est trop, ma patience à la raison fait place;
Va dedans les enfers plaindre ton Curiace!

CAMILLE, *blessée, derrière le théâtre.*

Ah, traître !

HORACE, *revenant sur le théâtre.*

Ainsi reçoive un châtiment soudain
Quiconque ose pleurer un ennemi romain !

SCÈNE VI.

HORACE, PROCULE.

PROCULE.

Que venez-vous de faire ?

HORACE.

Un acte de justice ;
Un semblable forfait veut un pareil supplice.

PROCULE.

Vous deviez la traiter avec moins de rigueur.

HORACE.

Ne me dis point qu'elle est et mon sang et ma sœur.
Mon père ne peut plus l'avouer pour sa fille :
Qui maudit son pays renonce à sa famille ;
Des noms si pleins d'amour ne lui sont plus permis,
De ses plus chers parents il fait ses ennemis ;
Le sang même les arme en haine de son crime.
La plus prompte vengeance en est plus légitime ;
Et ce souhait impie, encore qu'impuissant,
Est un monstre qu'il faut étouffer en naissant.

SCÈNE VII.

SABINE, HORACE, PROCULE.

SABINE.

A quoi s'arrête ici ton illustre colère ?
Viens voir mourir ta sœur dans les bras de ton père ;
Viens repaître tes yeux d'un spectacle si doux ;
Ou, si tu n'es point las de ces généreux coups,
Immole au cher pays des vertueux Horaces
Ce reste malheureux du sang des Curiaces.
Si prodigue du tien, n'épargne pas le leur ;
Joins Sabine à Camille, et ta femme à ta sœur ;
Nos crimes sont pareils, ainsi que nos misères,
Je soupire comme elle, et déplore mes frères ;
Plus coupable en ce point contre tes dures lois,
Qu'elle n'en pleurait qu'un, et que j'en pleure trois,
Qu'après son châtiment ma faute continue,

HORACE.

Sèche tes pleurs, Sabine, ou les cache à ma vue.
Rends-toi digne du nom de ma chaste moitié,
Et ne m'accable point d'une indigne pitié.
Si l'absolu pouvoir d'une pudique flamme
Ne nous laisse à tous deux qu'un penser et qu'une ame,
C'est à toi d'élever tes sentiments aux miens,
Non à moi de descendre à la honte des tiens.
Je t'aime, et je connais la douleur qui te presse;
Embrasse ma vertu pour vaincre ta faiblesse;
Participe à ma gloire au lieu de la souiller;
Tâche à t'en revêtir, non à m'en dépouiller.
Es-tu de mon honneur si mortelle ennemie,
Que je te plaise mieux couvert d'une infamie?
Sois plus femme que sœur, et, te réglant sur moi,
Fais-toi de mon exemple une immuable loi.

SABINE.

Cherche pour t'imiter des ames plus parfaites.
Je ne t'impute point les pertes que j'ai faites,
J'en ai les sentiments que je dois en avoir,
Et je m'en prends au sort plutôt qu'à ton devoir;
Mais enfin je renonce à la vertu romaine,
Si, pour la posséder, je dois être inhumaine,
Et ne puis voir en moi la femme du vainqueur,
Sans y voir des vaincus la déplorable sœur.
Prenons part en public aux victoires publiques,
Pleurons dans la maison nos malheurs domestiques;
Et ne regardons point des biens communs à tous,
Quand nous voyons des maux qui ne sont que pour nous.
Pourquoi veux-tu, cruel, agir d'une autre sorte?
Laisse en entrant ici tes lauriers à la porte,
Mêle tes pleurs aux miens. Quoi! ces lâches discours
N'arment point ta vertu contre mes tristes jours!
Mon crime redoublé n'émeut point ta colère!
Que Camille est heureuse! elle a pu te déplaire;
Elle a reçu de toi ce qu'elle a prétendu,
Et recouvre là bas tout ce qu'elle a perdu.
Cher époux, cher auteur du tourment qui me presse,
Ecoute la pitié si ta colère cesse;

Exerce l'une ou l'autre, après de tels malheurs,
A punir ma faiblesse, ou finir mes douleurs :
Je demande la mort pour grace ou pour supplice;
Qu'elle soit un effet d'amour ou de justice,
N'importe; tous ses traits n'auront rien que de doux,
Si je les vois partir de la main d'un époux.

HORACE.

Quelle injustice aux dieux d'abandonner aux femmes
Un empire si grand sur les plus belles ames,
Et de se plaire à voir de si faibles vainqueurs
Régner si puissamment sur les plus nobles cœurs!
A quel point ma vertu devient-elle réduite!
Rien ne la saurait plus garantir que la fuite.
Adieu. Ne me suis point, ou retiens tes soupirs.

SABINE, *seule.*

O colère, ô pitié, sourdes à mes désirs,
Vous négligez mon crime, et ma douleur vous lasse,
Et je n'obtiens de vous ni supplice, ni grace!
Allons-y par nos pleurs faire encore un effort,
Et n'employons après que nous à notre mort.

FIN DU QUATRIÈME ACTE.

ACTE V.

SCÈNE PREMIÈRE.

LE VIEIL HORACE, HORACE.

LE VIEIL HORACE.

Retirons nos regards de cet objet funeste,
Pour admirer ici le jugement céleste :
Quand la gloire nous enfle, il sait bien comme il faut
Confondre notre orgueil qui s'élève trop haut ;
Nos desirs les plus doux ne vont point sans tristesse ;
Il mêle à nos vertus des marques de faiblesse,
Et rarement accorde à notre ambition
L'entier et pur honneur d'une bonne action.
Je ne plains point Camille ; elle était criminelle :
Je me tiens plus à plaindre, et je te plains plus qu'elle ;
Moi, d'avoir mis au jour un cœur si peu romain ;
Toi, d'avoir par sa mort déshonoré ta main.
Je ne la trouve point injuste ni trop prompte ;
Mais tu pouvais, mon fils, t'en épargner la honte :
Son crime, quoique énorme et digne du trépas,
Etait mieux impuni, que puni par ton bras.

HORACE.

Disposez de mon sang, les lois vous en font maître ;
J'ai cru devoir le sien aux lieux qui m'ont vu naître.
Si dans vos sentiments mon zèle est criminel,
S'il m'en faut recevoir un reproche éternel,
Si ma main en devient honteuse et profanée,
Vous pouvez d'un seul mot trancher ma destinée :
Reprenez tout ce sang de qui ma lâcheté
A si brutalement souillé la pureté.
Ma main n'a pu souffrir de crime en votre race ;
Ne souffrez point de tache en la maison d'Horace.
C'est en ces actions dont l'honneur est blessé
Qu'un père tel que vous se montre intéressé :

Son amour doit se taire où toute excuse est nulle;
Lui-même il y prend part lorsqu'il les dissimule;
Et de sa propre gloire il fait trop peu de cas,
Quand il ne punit point ce qu'il n'approuve pas.

LE VIEIL HORACE.

Il n'use pas toujours d'une rigueur extrême;
Il épargne ses fils bien souvent pour soi-même;
Sa vieillesse sur eux aime à se soutenir,
Et ne les punit point de peur de se punir.
Je te vois d'un autre œil que tu ne te regardes;
Je sais.... Mais le roi vient, je vois entrer ses gardes.

SCÈNE II.

TULLE, VALÈRE, LE VIEIL HORACE, HORACE,
TROUPE DE GARDES.

LE VIEIL HORACE.

Ah! sire, un tel honneur a trop d'excès pour moi;
Ce n'est point en ce lieu que je dois voir mon roi :
Permettez qu'à genoux...

TULLE.

Non, levez-vous, mon père.
Je fais ce qu'en ma place un bon prince doit faire
Un si rare service et si fort important
Veut l'honneur le plus rare et le plus éclatant.

(montrant Valère.)

Vous en aviez déjà sa parole pour gage;
Je ne l'ai point voulu différer davantage.
J'ai su, par son rapport, et je n'en doutais pas,
Comme de vos deux fils vous portez le trépas,
Et que, déjà votre ame étant trop résolue,
Ma consolation vous serait superflue :
Mais je viens de savoir quel étrange malheur
D'un fils victorieux a suivi la valeur,
Et que son trop d'amour pour la cause publique,
Par ses mains à son père ôte une fille unique.
Ce coup est un peu rude à l'esprit le plus fort;
Et je doute comment vous portez cette mort.

LE VIEIL HORACE.

Sire, avec déplaisir, mais avec patience.

TULLE.

C'est l'effet vertueux de votre expérience.
Beaucoup par un long âge ont appris comme vous
Que le malheur succède au bonheur le plus doux :
Peu savent comme vous s'appliquer ce remède,
Et dans leur intérêt toute leur vertu cède.
Si vous pouvez trouver dans ma compassion
Quelque soulagement pour votre affliction,
Ainsi que votre mal sachez qu'elle est extrême,
Et que je vous en plains autant que je vous aime.

VALERE.

Sire, puisque le ciel entre les mains des rois
Dépose sa justice et la force des lois,
Et que l'état demande aux princes légitimes
Des prix pour les vertus, des peines pour les crimes,
Souffrez qu'un bon sujet vous fasse souvenir
Que vous plaignez beaucoup ce qu'il vous faut punir.
Souffrez...

LE VIEIL HORACE.

Quoi! qu'on envoie un vainqueur au supplice?

TULLE.

Permettez qu'il achève, et je ferai justice :
J'aime à la rendre à tous, à toute heure, en tout lieu;
C'est par elle qu'un roi se fait un demi-dieu;
Et c'est dont je vous plains qu'après un tel service
On puisse contre lui me demander justice.

VALERE.

Souffrez donc, ô grand roi, le plus juste des rois,
Que tous les gens de bien vous parlent par ma voix :
Non que nos cœurs jaloux de ses honneurs s'irritent:
S'il en reçoit beaucoup, ses hauts faits les méritent;
Ajoutez-y plutôt que d'en diminuer;
Nous sommes tous encor prêts d'y contribuer.
Mais, puisque d'un tel crime il s'est montré capable,
Qu'il triomphe en vainqueur, et périsse en coupable.

Arrêtez sa fureur, et sauvez de ses mains,
Si vous voulez régner, le reste des Romains;
Il y va de la perte ou du salut du reste.
    La guerre avait un cours si sanglant, si funeste,
Et les nœuds de l'hymen, durant nos bons destins,
Ont tant de fois uni des peuples si voisins,
Qu'il est peu de Romains que le parti contraire
N'intéresse en la mort d'un gendre ou d'un beau-frère,
Et qui ne soient forcés de donner quelques pleurs,
Dans le bonheur public, à leurs propres malheurs.
Si c'est offenser Rome, et que l'heur de ses armes
L'autorise à punir ce crime de nos larmes,
Quel sang épargnera ce barbare vainqueur,
Qui ne pardonne pas à celui de sa sœur,
Et ne peut excuser cette douleur pressante
Que la mort d'un amant jette au cœur d'une amante,
Quand, près d'être éclairés du nuptial flambeau,
Elle voit avec lui son espoir au tombeau?
Faisant triompher Rome, il se l'est asservie;
Il a sur nous un droit et de mort et de vie;
Et nos jours criminels ne pourront plus durer
Qu'autant qu'à sa clémence il plaira l'endurer.
    Je pourrais ajouter aux intérêts de Rome
Combien un pareil coup est indigne d'un homme;
Je pourrais demander qu'on mît devant vos yeux
Ce grand et rare exploit d'un bras victorieux :
Vous verriez un beau sang, pour accuser sa rage,
D'un frère si cruel rejaillir au visage;
Vous verriez des horreurs qu'on ne peut concevoir;
Son âge et sa beauté vous pourraient émouvoir :
Mais je hais ces moyens qui sentent l'artifice.
Vous avez à demain remis le sacrifice;
Pensez-vous que les dieux, vengeurs des innocents,
D'une main parricide acceptent de l'encens?
Sur vous ce sacrilége attirerait sa peine;
Ne le considérez qu'en objet de leur haine,
Et croyez avec nous qu'en tous ces trois combats
Le bon destin de Rome a plus fait que son bras,
Puisque ces mêmes dieux, auteurs de sa victoire,
Ont permis qu'aussitôt il en souillât la gloire,

Et qu'un si grand courage, après ce noble effort,
Fût digne en même jour de triomphe et de mort.
Sire, c'est ce qu'il faut que votre arrêt décide.
En ce lieu Rome a vu le premier parricide;
La suite en est à craindre, et la haine des cieux.
Sauvez-nous de sa main, et redoutez les dieux.

TULLE.

Défendez-vous, Horace,

HORACE.

A quoi bon me défendre ?
Vous savez l'action, vous la venez d'entendre;
Ce que vous en croyez me doit être une loi.
Sire, on se défend mal contre l'avis d'un roi;
Et le plus innocent devient soudain coupable,
Quand aux yeux de son prince il paraît condamnable.
C'est crime qu'envers lui se vouloir excuser :
Notre sang est son bien, il en peut disposer;
Et c'est à nous de croire, alors qu'il en dispose
Qu'il ne s'en prive point sans une juste cause.
Sire, prononcez donc, je suis prêt d'obéir ;
D'autres aiment la vie, et je la dois haïr.
Je ne reproche point à l'ardeur de Valère
Qu'en amant de la sœur il accuse le frère :
Mes vœux avec les siens conspirent aujourd'hui;
Il demande ma mort, je la veux comme lui.
Un seul point entre nous met cette différence,
Que mon honneur par-là cherche son assurance,
Et qu'à ce même but nous voulons arriver,
Lui pour flétrir ma gloire, et moi pour la sauver.
Sire, c'est rarement qu'il s'offre une matière
A montrer d'un grand cœur la vertu tout entière;
Suivant l'occasion, elle agit plus ou moins,
Et paraît forte ou faible aux yeux de ses témoins.
Le peuple, qui voit tout seulement par l'écorce,
S'attache à son effet pour juger de sa force;
Il veut que ses dehors gardent un même cours,
Qu'ayant fait un miracle, elle en fasse toujours :
Après une action pleine, haute, éclatante,
Tout ce qui brille moins remplit mal son attente :

Il veut qu'on soit égal en tout temps, en tous lieux :
Il n'examine point si lors on pouvait mieux,
Ni que, s'il ne voit pas sans cesse une merveille,
L'occasion est moindre, et la vertu pareille :
Son injustice accable et détruit les grands noms;
L'honneur des premiers faits se perd par les seconds,
Et quand la renommée a passé l'ordinaire,
Si l'on n'en veut déchoir, il ne faut plus rien faire.
    Je ne vanterai point les exploits de mon bras;
Votre majesté, sire, a vu mes trois combats :
Il est bien malaisé qu'un pareil les seconde,
Qu'une autre occasion à celle-ci réponde,
Et que tout mon courage, après de si grands coups,
Parvienne à des succès qui n'aillent au dessous;
Si bien que, pour laisser une illustre mémoire,
La mort seule aujourd'hui peut conserver ma gloire :
Encor la fallait-il sitôt que j'eus vaincu,
Puisque pour mon honneur j'ai déjà trop vécu.
Un homme tel que moi voit sa gloire ternie,
Quand il tombe en péril de quelque ignominie :
Et ma main aurait su déjà m'en garantir;
Mais sans votre congé mon sang n'ose sortir;
Comme il vous appartient, votre aveu doit se prendre;
C'est vous le dérober qu'autrement le répandre,
Rome ne manque point de généreux guerriers;
Assez d'autres sans moi soutiendront vos lauriers;
Que votre majesté désormais m'en dispense :
Et si ce que j'ai fait vaut quelque récompense,
Permettez, ô grand roi, que de ce bras vainqueur
Je m'immole à ma gloire, et non pas à ma sœur.

SCÈNE III.

**TULLE, VALÈRE, LE VIEIL HORACE, HORACE,
SABINE.**

SABINE.

Sire, écoutez Sabine; et voyez dans son ame
Les douleurs d'une sœur, et celles d'une femme,
Qui, toute désolée, à vos sacrés genoux,
Pleure pour sa famille, et craint pour son époux.

Ce n'est pas que je veuille avec cet artifice
Dérober un coupable aú bras de la justice;
Quoi qu'il ait fait pour vous, traitez-le comme tel,
Et punissez en moi ce noble criminel;
De mon sang malheureux expiez tout son crime :
Vous ne changerez point pour cela de victime;
Ce n'en sera point prendre une injuste pitié,
Mais en sacrifier la plus chère moitié.
Les nœuds de l'hymenée, et son amour extrême,
Font qu'il vit plus en moi qu'il ne vit en lui-même,
Et si vous m'accordez de mourir aujourd'hui,
Il mourra plus en moi qu'il ne mourrait en lui;
La mort que je demande et qu'il faut que j'obtienne,
Augmentera sa peine et finira la mienne.
Sire, voyez l'excès de mes tristes ennuis,
Et l'effroyable état où mes jours sont réduits.
Quelle horreur d'embrasser un homme dont l'épee
De toute ma famille a la trame coupée!
Et quelle impitié de haïr un époux
Pour avoir bien servi les siens, l'état, et vous!
Aimer un bras souillé du sang de tous mes frères!
N'aimer pas un mari qui finit nos misères!
Sire, délivrez-moi, par un heureux trépas,
Des crimes de l'aimer, et de ne l'aimer pas;
J'en nommerai l'arrêt une faveur bien grande.
Ma main peut me donner ce que je vous demande;
Mais ce trépas enfin me sera bien plus doux,
Si je puis de sa honte affranchir mon époux;
Si je puis par mon sang apaiser la colère
Des dieux qu'a pu fàcher sa vertu trop sévère,
Satisfaire, en mourant, aux mânes de ma sœur,
Et conserver à Rome un si bon défenseur.

LE VIEIL HORACE.

Sire, c'est donc à moi de répondre à Valère.
Mes enfants avec lui conspirent contre un père;
Tous trois veulent me perdre, et s'arment sans raison
Contre si peu de sang qui reste en ma maison,
　　(à Sabine.)
Toi, qui, par des douleurs à ton devoir contraires,
Veux quitter un mari pour rejoindre tes frères,

Va plutôt consulter leurs mânes généreux;
Ils sont morts, mais pour Albe, et s'en tiennent heureux:
Puisque le ciel voulait qu'elle fût asservie,
Si quelque sentiment demeure après la vie,
Ce malheur semble moindre, et moins rudes ses coups,
Voyant que tout l'honneur en retombe sur nous;
Tous trois désavoueront la douleur qui te touche,
Les larmes de tes yeux, les soupirs de ta bouche,
L'horreur que tu fais voir d'un mari vertueux.
Sabine, sois leur sœur, suis ton devoir comme eux.

(au roi.)

Contre ce cher époux Valère en vain s'anime
Un premier mouvement ne fut jamais un crime,
Et la louange est due, au lieu du châtiment,
Quand la vertu produit ce premier mouvement.
Aimer nos ennemis avec idolatrie,
De rage en leur trépas maudire la patrie,
Souhaiter à l'état un malheur infini,
C'est ce qu'on nomme crime, et ce qu'il a puni.
Le seul amour de Rome a sa main animée;
Il serait innocent s'il l'avait moins aimée.
Qu'ai-je dit, sire? il l'est, et ce bras paternel
L'aurait déjà puni s'il était criminel;
J'aurais su mieux user de l'entière puissance
Que me donnent sur lui les droits de la naissance :
J'aime trop l'honneur, sire, et ne suis point de rang
A souffrir ni d'affront ni de crime en mon sang.
C'est dont je ne veux point de témoin que Valère;
Il a vu quel accueil lui gardait ma colère,
Lorsqu'ignorant encor la moitié du combat,
Je croyais que sa fuite avait trahi l'état.
Qui le fait se charger des soins de ma famille?
Qui le fait, malgré moi, vouloir venger ma fille?
Et par quelle raison dans son juste trépas,
Prend-il un intérêt qu'un père ne prend pas?
On craint qu'après sa sœur il n'en maltraite d'autres!
Sire, nous n'avons part qu'à la honte des nôtres;
Et, de quelque façon qu'un autre puisse agir,
Qui ne nous touche point ne nous fait point rougir.

(à Valère.)

Tu peux pleurer, Valère, et même aux yeux d'Horace;
Il ne prend intérêt qu'aux crimes de sa race :
Qui n'est point de son sang ne peut faire d'affront
Aux lauriers immortels qui lui ceignent le front.
Lauriers, sacrés rameaux qu'on veut réduire en poudre,
Vous qui mettez sa tête à couvert de la foudre,
L'abandonnerez-vous à l'infâme couteau
Qui fait choir les méchants sous la main d'un bourreau?
Romains, souffrirez-vous qu'on vous immole un homme
Sans qui Rome aujourd'hui cesserait d'être Rome,
Et qu'un Romain s'efforce à tacher le renom
D'un guerrier à qui tous doivent un si beau nom?
Dis, Valère, dis-nous, si tu veux qu'il périsse,
Où tu penses choisir un lieu pour son supplice :
Sera-ce entre ces murs que mille et mille voix
Font résonner encor du bruit de ses exploits?
Sera-ce hors des murs, au milieu de ces places
Qu'on voit fumer encor du sang des Curiaces,
Entre leurs trois tombeaux et dans ce champ d'honneur
Témoin de sa vaillance et de notre bonheur?
Tu ne saurais cacher sa peine à sa victoire :
Dans les murs, hors des murs, tout parle de sa gloire,
Tout s'oppose à l'effort de ton injuste amour,
Qui veut d'un si bon sang souiller un si beau jour.
Albe ne pourra pas souffrir un tel spectacle,
Et Rome par ses pleurs y mettra trop d'obstacle.
  Vous les préviendrez, sire; et, par un juste arrêt,
Vous saurez embrasser bien mieux son intérêt.
Ce qu'il a fait pour elle il peut encor le faire;
Il peut la garantir encor d'un sort contraire.
Sire, ne donnez rien à mes débiles ans :
Rome aujourd'hui m'a vu père de quatre enfants;
Trois en ce même jour sont morts pour sa querelle;
Il m'en reste encore un, conservez-le pour elle :
N'ôtez pas à ses murs un si puissant appui,
Et souffrez, pour finir, que je m'adresse à lui.
  Horace, ne crois pas que le peuple stupide
Soit le maître absolu d'un renom bien solide,
Sa voix tumultueuse assez souvent fait bruit,
Mais un moment l'élève, un moment le détruit,

Et ce qu'il contribue à notre renommée
Toujours en moins de rien se dissipe en fumée.
C'est aux rois, c'est aux grands, c'est aux esprits bien
A voir la vertu pleine en ses moindres effets ;   [faits,
C'est d'eux seuls qu'on reçoit la véritable gloire,
Eux seuls des vrais héros assurent la mémoire.
Vis toujours en Horace, et toujours auprès d'eux
Ton nom demeurera grand, illustre, fameux,
Bien que l'occasion, moins haute ou moins brillante,
D'un vulgaire ignorant trompe l'injuste attente.
Ne hais donc plus la vie, et du moins vis pour moi,
Et pour servir encor ton pays et ton roi.
Sire, j'en ai trop dit : mais l'affaire vous touche ;
Et Rome tout entière a parlé par ma bouche.

VALERE.

Sire, permettez-moi.....

TULLE.

                    Valère, c'est assez ;
Vos discours par les leurs ne sont pas effacés ;
J'en garde en mon esprit les forces plus pressantes,
Et toutes vos raisons me sont encore présentes.
Cette énorme action faite presque à nos yeux
Outrage la nature, et blesse jusqu'aux dieux.
Un premier mouvement qui produit un tel crime
Ne saurait lui servir d'excuse légitime :
Les moins sévères lois en ce point sont d'accord ;
Et, si nous les suivons, il est digne de mort.
Si d'ailleurs nous voulons regarder le coupable,
Ce crime, quoique grand, énorme, inexcusable,
Vient de la même épée, et part du même bras
Qui me fait aujourd'hui maître de deux états.
Deux sceptres en ma main, Albe à Rome asservie,
Parlent bien hautement en faveur de sa vie :
Sans lui j'obéirais où je donne la loi,
Et je serais sujet où je suis deux fois roi.
Assez de bons sujets dans toutes les provinces
Par des vœux impuissants s'acquittent vers leurs prin-
Tous les peuvent aimer, mais tous ne peuvent pas   [ces ;
Par d'illustres effets assurer leurs états ;

Et l'art et le pouvoir d'affermir des couronnes
Sont des dons que le ciel fait à peu de personnes.
De pareils serviteurs sont les forces des rois,
Et de pareils aussi sont au dessus des lois.
Qu'elles se taisent donc : que Rome dissimule
Ce que dès sa naissance elle vit en Romule ;
Elle peut bien souffrir en son libérateur
Ce qu'elle a bien souffert en son premier auteur.
Vis donc, Horace ; vis, guerrier trop magnanime :
Ta vertu met ta gloire au dessus de ton crime ;
Sa chaleur généreuse a produit ton forfait ;
D'une cause si belle il faut souffrir l'effet.
Vis pour servir l'état ; vis, mais aime Valère :
Qu'il ne reste entre vous ni haine ni colère ;
Et soit qu'il ait suivi l'amour ou le devoir,
Sans aucun sentiment résous-toi de le voir.
Sabine, écoutez moins la douleur qui vous presse ;
Chassez de ce grand cœur ces marques de faiblesse :
C'est en séchant vos pleurs que vous vous montrerez
La véritable sœur de ce que vous pleurez.

Mais nous devons aux dieux demain un sacrifice ;
Et nous aurions le ciel à nos vœux mal propice,
Si nos prêtres, avant que de sacrifier,
Ne trouvaient le moyen de le purifier :
Son père en prendra soin ; il lui sera facile
D'apaiser tout d'un temps les mânes de Camille.
Je la plains, et pour rendre à son sort rigoureux
Ce que peut souhaiter son esprit amoureux,
Puisqu'en un même jour l'ardeur d'un même zèle
Achève le destin de son amant et d'elle,
Je veux qu'un même jour, témoin de leurs deux morts,
En un même tombeau voie enfermer leurs corps.

EXAMEN D'HORACE.

C'est une croyance assez générale que cette pièce pourrait passer pour la plus belle des miennes, si les derniers actes répondaient aux premiers. Tous veulent que la mort de Camille en gâte la fin, et j'en demeure d'accord; mais je ne sais si tous en savent la raison. On l'attribue communément à ce qu'on voit cette mort sur la scène; ce qui serait plutôt la faute de l'actrice que la mienne, parce que, quand elle voit son frère mettre l'épée à la main, la frayeur si naturelle au sexe, lui doit faire prendre la fuite, et recevoir le coup derrière le théâtre, comme je le marque dans cette impression. D'ailleurs, si c'est une règle de ne le point ensanglanter, elle n'est pas du temps d'Aristote, qui nous apprend que, pour émouvoir puissamment, il faut de grands déplaisirs, des blessures, et des morts en spectacle. Horace ne veut pas que nous y hasardions les évènements trop dénaturés, comme de Médée qui tue ses enfants; mais je ne vois pas qu'il en fasse une règle générale pour toutes sortes de morts, ni que l'emportement d'un homme passionné pour sa patrie contre une sœur qui la maudit en sa présence avec des imprécations horribles, soit de même nature que la cruauté de cette mère. Sénèque l'expose aux yeux du peuple, en dépit d'Horace; et, chez Sophocle, Ajax ne se cache point aux spectateurs lorsqu'il se tue. L'adoucissement que j'apporte dans le second de ces discours pour rectifier la mort de Clytemnestre ne peut être propre ici à celle de Camille. Quand elle s'enferrerait d'elle-même par désespoir en voyant son frère l'épée à la main, ce frère ne laisserait pas d'être criminel de l'avoir tirée contre elle, puisqu'il n'y a point de troisième personne sur le théâtre à qui il pût adresser le coup qu'elle recevrait, comme peut faire Oreste à Ægiste. D'ailleurs, l'histoire est trop connue pour retrancher le péril qu'il court d'une mort infame après l'avoir tuée; et la défense que lui prête son père pour obtenir sa grace n'aurait plus de lieu s'il demeurait innocent. Quoi qu'il en soit, voyons si cette action n'a pu causer la chute de ce poème que par là, et s'il n'a point d'autre irrégularité que de blesser les yeux.

Comme je n'ai point accoutumé de dissimuler mes défauts, j'en trouve ici deux ou trois assez considérables. Le premier est que cette action, qui devient la principale de la pièce, est momentanée, et n'a point cette juste grandeur que lui demande Aristote, et qui consiste en un commencement, un milieu, et une fin. Elle surprend tout d'un coup ; et toute la préparation que j'y ai donnée par la peinture de la vertu farouche d'Horace, et par la défense qu'il fait à sa sœur de regretter qui que ce soit de lui ou de son amant qui meure au combat, n'est point suffisante pour faire attendre un emportement si extraordinaire, et servir de commencement à cette action.

Le second défaut est que cette mort fait une action double par le second péril où tombe Horace après être sorti du premier. L'unité de péril d'un héros dans la tragédie fait l'unité d'action ; et quand il en est garanti la pièce est finie, si ce n'est que la sortie même de ce péril l'engage si nécessairement dans un autre, que la liaison et la continuité des deux n'en fasse qu'une action, ce qui n'arrive point ici, où Horace revient triomphant sans aucun besoin de tuer sa sœur, ni même de parler à elle : et l'action serait suffisamment terminée à sa victoire. Cette chute d'un péril en l'autre, sans nécessité, fait ici un effet d'autant plus mauvais, que d'un péril public, où il y va de tout l'état, il tombe en un péril particulier où il n'y va que de sa vie ; et, pour dire encore plus, d'un péril illustre, où il ne peut succomber que glorieusement, en un péril infame dont il ne peut sortir sans tache. Ajoutez, pour troisième imperfection, que Camille, qui ne tient que le second rang dans les trois premiers actes, et y laisse le premier à Sabine, prend le premier en ces deux derniers, où cette Sabine n'est plus considérable; et qu'ainsi s'il y a égalité dans les mœurs, il n'y en a point dans la dignité des personnages, où se doit étendre ce précepte d'Horace :

. . . . Servetur ad imum
Qualis ab incepto processerit, et sibi constet.

Ce défaut en Rodelinde a été une des principales causes du mauvais succès de *Pertharite*, et je n'ai point encore vu sur nos théâtres cette inégalité de rang en un même acteur, qui n'ait produit un très méchant effet. Il serait bon d'en établir une règle inviolable.

Du côté du temps, l'action n'est pas trop pressée, et n'a rien qui ne me semble vraisemblable. Pour le lieu, bien que l'unité y soit exacte, elle n'est pas sans quelque contrainte. Il est constant qu'Horace et Curiace n'ont point de raison de se séparer du reste de la famille pour commencer le second acte ; et c'est une adresse de théâtre de n'en donner aucune, quand on n'en peut donner de bonnes. L'attachement de l'auditeur à l'action présente souvent ne lui permet pas de descendre à l'examen sévère de cette justesse, et ce n'est pas un crime que de s'en prévaloir pour l'éblouir, quand il est mal aisé de le satisfaire.

Le personnage de Sabine est assez heureusement inventé, et trouve sa vraisemblance aisée dans le rapport à l'histoire, qui marque assez d'amitié et d'égalité entre les deux familles pour avoir pu faire cette double alliance.

Elle ne sert pas davantage à l'action que l'infante à celle du *Cid*, et ne fait que se laisser toucher diversement, comme elle, à la diversité des évènements. Néanmoins on a généralement approuvé celle-ci, et condamné l'autre. J'en ai cherché la raison, et j'en ai trouvé deux : l'une est la liaison des scènes, qui semble, s'il m'est permis de parler ainsi, incorporer Sabine dans cette pièce, au lieu que, dans le *Cid*, toutes celles de l'infante sont détachées, et paraissent hors œuvre :

Tantum series juncturaque pollet.

L'autre, qu'ayant une fois posé Sabine pour femme

d'Horace, il est nécessaire que tous les incidents de ce poëme lui donne les sentiments qu'elle en témoigne avoir, par l'obligation qu'elle a de prendre intérêt à ce qui regarde son mari et ses frères : mais l'infante n'est point obligée d'en prendre aucun en ce qui touche le Cid; et si elle a quelque inclination secrète pour lui, il n'est point besoin qu'elle en fasse rien paraître, puisqu'elle ne produit aucun effet.

L'oracle qui est proposé au premier acte trouve son vrai sens à la conclusion du cinquième. Il semble clair d'abord, et porte l'imagination à un sens contraire; et je les aimerais mieux de cette sorte sur nos théâtres, que ceux qu'on fait entièrement obscurs, parce que la surprise de leur véritable effet en est plus belle. J'en ai usé ainsi encore dans l'*Andromède* et dans l'*OEdipe*. Je ne dis pas la même chose des songes, qui peuvent faire encore un plus grand ornement dans la protase, pourvu qu'on ne s'en serve pas souvent. Je voudrais qu'ils eussent l'idée de la fin véritable de la pièce, mais avec quelque confusion qui n'en permît pas l'intelligence entière. C'est ainsi que je m'en suis servi deux fois, ici et dans *Polyeucte*, mais avec plus d'éclat et d'artifice dans ce dernier poëme, où il marque toutes les particularités de l'évènement, qu'en celui-ci, où il ne fait qu'exprimer une ébauche tout à fait informe de ce qui doit arriver de funeste.

Il passe pour constant que le second acte est un des plus pathétiques qui soient sur la scène, et le troisième un des plus artificieux. Il est soutenu de la seule narration de la moitié du combat des trois frères, qui est coupée très heureusement pour laisser Horace le père dans la colère et le déplaisir, et lui donner ensuite un beau retour à la joie dans le quatrième. Il a été à propos, pour le jeter dans cette erreur, de se servir de l'impatience d'une femme qui suit brusquement sa première idée, et présume le combat achevé, parce qu'elle a vu deux des Horaces par terre et le troisième en fuite. Un homme, qui doit être plus posé et plus judicieux, n'eût pas été propre à donner cette fausse alarme; il eût dû prendre plus de patience,

afin d'avoir plus de certitude de l'évènement, et n'eût
pas été excusable de se laisser emporter si légèrement,
par les apparences, à présumer le mauvais succès d'un
combat dont il n'eût pas vu la fin.

Bien que le roi n'y paraisse qu'au cinquième, il y
est mieux dans sa dignité que dans le *Cid*, parce qu'il
a intérêt pour tout son état dans le reste de la pièce ;
et, bien qu'il n'y parle point, il ne laisse pas d'y agir
comme roi. Il vient aussi dans ce cinquième comme
roi qui veut honorer par cette visite un père dont les
fils lui ont conservé sa couronne, et acquis celle d'Albe
au prix de leur sang. S'il y fait l'office de juge, ce
n'est que par accident ; et il le fait dans ce logis même
d'Horace, par la seule contrainte qu'impose la règle de
l'unité de lieu. Tout ce cinquième acte est encore une
des causes du peu de satisfaction que laisse cette tragédie : il est tout en plaidoyers, et ce n'est pas là la
place des harangues ni des longs discours ; ils peuvent
être supportés en un commencement de la pièce, où
l'action n'est pas encore échauffée ; mais le cinquième
acte doit plus agir que discourir. L'attention de l'auditeur, déjà lassée, se rebute de ces conclusions qui
traînent et tirent la fin en longueur.

Quelques uns ne veulent pas que Valère y soit un
digne accusateur d'Horace, parce que, dans la pièce, il
n'a pas fait voir assez de passion pour Camille ; à quoi
je réponds que ce n'est pas à dire qu'il n'en eût une
très forte, mais qu'un amant mal voulu ne pouvait se
montrer de bonne grace à sa maîtresse dans le jour
qui la rejoignait à un amant aimé. Il n'y avait point
de place pour lui au premier acte, et encore moins au
second : il fallait qu'il tînt son rang à l'armée pendant
le troisième : et il se montre au quatrième, sitôt que
la mort de son rival fait quelque ouverture à son espérance : il tâche à gagner les bonnes graces du père
par la commission qu'il prend du roi de lui apporter
les glorieuses nouvelles de l'honneur que ce prince
lui veut faire ; et, par occasion, il lui apprend la victoire de son fils, qu'il ignorait. Il ne manque pas
d'amour durant les trois premiers actes, mais d'un

temps propre à le témoigner; et, dès la première scène de la pièce, il paraît bien qu'il rendait assez de soins à Camille, puisque Sabine s'en alarme pour son frère. S'il ne prend pas le procédé de France, il faut considérer qu'il est Romain, et dans Rome, où il n'aurait pu entreprendre un duel contre un autre Romain sans faire un crime d'état, et que j'aurais fait un crime de théâtre, si j'avais habillé un Romain à la française.

FIN DE L'EXAMEN D'HORACE.

TABLE

DES PIÈCES CONTENUES DANS LE TOME PREMIER.

FIN DE LA TABLE.